FABLES

PAR

LE BARON DE SAINT-JOSEPH

DÉDIÉES

A SES PETITS-ENFANTS

PARIS

TYPOGRAPHIE HENNUYER ET FILS,

RUE DU BOULEVARD, 7.

1866

FABLES

Paris. — Typographie HENNUYER ET FILS, rue du Boulevard, 7.

FABLES

PAR

LE BARON DE SAINT-JOSEPH

DÉDIÉES

A SES PETITS-ENFANTS

PARIS

TYPOGRAPHIE HENNUYER ET FILS,
RUE DU BOULEVARD, 7.
—
1866

C.

A MES PETITS-ENFANTS

De l'art des vers, que l'on aime à tout âge,
Pour mes petits-enfants je fis l'apprentissage.
Désireux de graver dans leur esprit naissant
Les principes du bien, une morale saine,
　J'introduisis sur ma modeste scène
Le cortége divers, marchant, volant, rampant,
Que fit si bien parler le divin La Fontaine.
Mes fabliaux plaisaient, on les savait par cœur :
J'en eus quelque fierté, comme père et rimeur,
Et de les réunir je conçus la pensée.
Telle une tendre mère, en ses soins empressée,

1

Glane pour ses enfants quelques tardifs épis,
Rapportant, chaque soir, sa récolte au logis.
Conservez, mes amis, ces leçons d'un bon père :
Entreprise pour vous, sa tâche fut légère.
A vos propres enfants vous redirez un jour
Ces vers que lui dictait un vigilant amour.

Buc, décembre 1864.

FABLES

LA VENGEANCE DU CORBEAU

On ne pardonne pas à qui vous prend au piége ;
L'amour-propre blessé de tourments vous assiége,
On y rêve la nuit, on y revient le jour,
On ne forme qu'un vœu, celui d'avoir son tour.
Voyez maître Corbeau qui lâcha son fromage :
Plus il avait failli, plus il avait à cœur
D'attraper à son tour le dangereux flatteur
Qui si bien avait su lui vanter son ramage.
Or donc, un beau matin, dès la pointe du jour,
Le Corbeau vit venir des taillis d'alentour,

Le Renard soucieux, guettant quelque aventure.
Aussitôt il atteint la cime d'un ormeau
    (Bien lui prit de percher si haut) !
    De là, composant sa figure,
Il commence en ces mots : « Bonjour, cher compagnon ;
Jadis tu me donnas bien sévère leçon ;
J'y perdis, tu le sais, un excellent fromage ;
    Mais, ma foi, je ne m'en plains pas.
Je m'en pourvois sans gêne en la ferme là-bas,
    D'où s'élève le caquetage
    De poulettes et de chapons
Connus sur les marchés de tous nos environs,
    Tant ils sont gras, tant ils sont bons. »
Le Renard, né friand, prête l'oreille, hésite ;
Mais, les chants l'attirant, il y court au plus vite,
Tourne autour de la ferme, y pénètre sans bruit...
    Écoutez ce qui s'ensuivit :
Le Corbeau l'ayant fait s'engager de la sorte
    Et sur ses traces s'élançant,
    De sa voix rauque et forte
    Pousse un cri triomphant,
Éveille les valets, les chiens et la servante ;

Tout dans la ferme est sur pied, se tourmente ;
La volaille s'en mêle et fait retentir l'air
De bruits étourdissants : c'est à fendre la tête !
     Maître Renard est découvert ;
     Chacun lui barre la retraite.

« Ami, dit le Corbeau, le plus fin est sans yeux
     Quand sa passion le maîtrise :
Nous voilà, tour à tour, attrapés tous les deux,
Moi par la vanité, toi par la gourmandise. »

LE MOUTON CHARITABLE

Gille Mouton, honnête citoyen,
 Voulant faire le bien,
Allait parfois chez commère Génisse,
Arrangeait son étable et lui rendait service;
 Il visitait aussi
 Certain Bouc, son ami,
 Appesanti par l'âge;
Ramenait la Brebis errante au pâturage;
Partout on chérissait le bénin personnage;
Même on le surnommait Gille le bienfaiteur.
 Ce Gille avait grand cœur,
 Car, non content de faire
Le bien de ses parents, il osa, pauvre hère!

Obliger, un beau jour, le Loup son ennemi,
  Et ne fit la chose à demi.
  Apprenant par le voisinage
  Qu'il languissait en son réduit,
  Il court lui porter un breuvage,
Lui prêche la sagesse et soutient son courage.
Grâce à ses soins, le Loup recouvra l'appétit :
  Il fut croqué pour récompense.

Même en faisant le bien, il faut de la prudence.

LE VOYAGEUR ET LA GIROUETTE

1810. En mer.

Girouette, ma mie,
Tourne-toi vers le nord ;
Une mère chérie
M'attend sur l'autre bord ;
A son amour extrême
Rends l'heureux fils qu'elle aime ;
Huit ans déjà passés,
Je vis éloigné d'elle.
Hélas ! c'est bien assez !
Ne me sois point cruelle :
Sur le cristal de l'eau
Fais voler mon bateau,

Fais qu'à mon premier gîte
Il me ramène vite.
D'un superbe brillant
J'ornerai ton aiguille.
Eh quoi ! vers l'occident
Ta flamme toujours brille !
Pour causer mon malheur,
Deviendrais-tu constante ?
Ainsi parlait Timante.
— Pour faire ton bonheur,
Tu me trouverais prête,
Répond la Girouette ;
Mais que peut l'interprète
Des volontés des dieux,
Et quel pouvoir balance
Leur suprême puissance ?
Si tu veux être heureux,
Rends-toi les dieux propices,
Fais-leur des sacrifices.
— Timante, en son bateau
N'immola qu'un agneau ;
Mais son humble prière,

Son amour pour sa mère
Trouvèrent grâce aux cieux :
Il eut un vent prospère.

Mortels, si vous voulez voir couronner vos vœux,
Chérissez la vertu, sacrifiez aux dieux.

L'ORTIE ET LA PENSÉE

Une Ortie, au bord d'un chemin,
Croissait auprès d'une Pensée,
Une jeune glaneuse, au travail empressée,
De la plante perfide éprouva le venin,
Et, dans son prompt courroux, croyant frapper l'Ortie,
De la pauvre Pensée abrégea le destin.

Il est bon de savoir avec qui l'on se lie.

L'OURS ET LE RENARD

Un Renard né gascon, parlant vaille que vaille,
  Plaisantait l'Ours sur sa forme, sa taille,
Critiquait son sommeil et ses maigres repas
Où jamais ne parut la plus mince volaille;
Lui, croquait les poulets, il ne s'en gênait pas,
Et malgré les mâtins savait faire ripaille.
L'appétit satisfait réconforte le cœur;
Aussi chez les Renards quel feu! quelle valeur!
Que d'exploits éclatants dans leur illustre race!
Lui-même, à tous périls faisant bravement face,
Dans maint et maint combat fut proclamé vainqueur.

L'Ours ne sourcillait pas ; paraissant dans l'attente,
Il laissait le vantard prôner lui, puis les siens.
    Voici qu'une meute de chiens
Débouchant d'un taillis, tout à coup se présente ;
L'Ours fit tête à l'orage en animal de cœur,
Et messire Renard galope encor de peur.

LA BREBIS ET L'AGNEAU

Un jeune Agneau trottait bêlant ;
La Brebis lui disait : « Prends garde, cher enfant,
    C'est aller par trop vite ;
  Je crains pour toi quelque accident
    Avant que d'arriver au gîte. »
Malgré ce bon avis, l'Agneau toujours courut.
Il tomba dans un piége ; hélas ! il en mourut.

    A sage remontrance,
  Soumission, obéissance.

A L'OISEAU QUI S'ENFUIT

Charmant oiseau,
A tire-d'aile
Ne fuis pas cet ormeau.
Ta compagne fidèle
Te chante son amour,
Dans l'espoir du retour.
Sache que l'inconstance
Est mère du regret :
On pardonne, on se tait,
Mais longue est la souffrance !
Arrête ton essor,
Reste près de qui t'aime :
C'est le bonheur suprême ;
Il n'est plus doux trésor.

LA TOURTERELLE ET LA PIE

Parée en blanc et noir,
Dame Margot, la Pie,
Allait de compagnie,
Du matin jusqu'au soir,
Avec un couple heureux, Tourtereau, Tourterelle.
Malgré ses soins et son empressement,
Le Tourtereau peu confiant
Disait à sa compagne : « O ma tendre Isabelle,
Je vis en un secret tourment ;
Je n'ai bon sentiment de ta nouvelle amie.
Regarde son long bec et son œil contracté,
Je n'y vois que mensonge et que méchanceté.
Évite-la, crois-moi : la fable de l'Ortie
Dit qu'il faut bien savoir avec qui l'on se lie. »
Un conseil si prudent ne fut pas écouté.

A peu de temps de là, la jeune Tourterelle,
De son amour fidèle
Couvait les premiers fruits.
Pendant que son époux, plus que jamais épris,
Allait au loin chercher pâture,
Furtivement la dame à la longue figure
S'introduit au logis;
D'une mère éplorée elle étouffe les cris,
Et, sans pitié pour elle,
La chassant de son aile,
Dévore ses petits.

Des soins trop empressés, trop bénigne figure
Sont le masque souvent de mauvaise nature.

2.

LE COLIMAÇON ET SON FILS

Heureux dans sa coquille, un vieux Colimaçon
Avec son jeune fils cheminait sans murmure
  Sous l'humide verdure,
  Pour gagner l'ombre d'un buisson.
« Pourquoi, disait le fils, cette sombre retraite ?
Sous les feux du soleil, l'élégant Papillon
Vole de fleur en fleur, de conquête en conquête.
Comme lui descendons vers ce riant vallon.
— Regarde, cher enfant, là-haut sur notre tête,
  Ce Milan qui se met en quête ;
Il briserait bientôt notre frêle maison,
  Et de nous deux aurait raison.
  L'obscurité convient à la faiblesse. »
Pour un Colimaçon, c'était de la sagesse.
Les conseils paternels sont souvent de saison.

LA SOURIS ET SES SOURICEAUX

Une Souris, à tout propos,
    Laissait là ses marmots
    Pour courir au village.
Elle aimait caqueter, cela n'était pas sage ;
Elle conseillait bien à ses chers nourrissons
De rester au logis, pendant sa courte absence :
« Ce n'étaient que périls dans tous les environs ;
Elle-même, en sortant, usait de prévoyance... »
La Souris, on le sait, aussitôt sa naissance,
    Trotte menu, se plaît à voyager,
Et, sans y regarder, va tout droit au danger.
    Or donc, leur mère étant partie,
    Nos souriceaux prennent envie
    De se donner joyeuse vie.

Adieu les conseils si prudents !
Les voilà tous courant les champs.
Mais la leçon, hélas ! fut dure !
S'éparpillant à l'aventure
Et sans savoir ce qu'ils faisaient,
Les uns dans un piége tombaient,
D'autres, du Chat ne connaissant la mine,
De sa figure pateline
Subissaient le fatal attrait,
Et la bête aux yeux doux lestement les croquait.
Au retour, qui fut consternée ?
Ce fut la mère infortunée :
Ses souriceaux étaient morts ou mourants !
A des regrets sans fin elle fut condamnée.

Ce n'est pas tout de conseiller,
Parents, il faut encor veiller.

LA GAZELLE ET LE MOINEAU

A notre Muséum, une jeune Gazelle
Aimait à recevoir, dans son parc circonscrit,
Le pain que maint rentier, maint enfant, maint conscrit,
    La trouvant gracieuse et belle,
A travers les barreaux, de sa main lui jetait.
Un Moineau, s'avisant des dons qu'on lui faisait,
    A tout moment se rendait auprès d'elle.
La bête aux pieds légers volontiers l'accueillait
    Et de tout son cœur le fêtait,
    Croyant à sa vive tendresse.
    L'hiver revint dans toute sa rudesse,
    On s'enfermait à la maison ;
Plus d'ami ni de pain, et partant plus de miette ;
    L'oiseau, comme un vrai pique-assiette,

No reparut de la saison.
Il venait pour le pain, et non pour autre chose.

De ce qu'on fait pour nous, ne cherchons trop la cause :
Conservons quelque illusion.

LE CHÊNE ET LE MARRONNIER

Dans le parc de Saint-Cloud, au retour du printemps,
  Un jeune enfant, que conduisait sa mère,
    L'interrogeait à tous moments.
Répondre n'était pas une petite affaire.
    Pourquoi ceci ? pourquoi cela ?
    Et la raison de toutes choses.
    « Comment, dit-il, cet arbre-là
Est-il couvert de fleurs tout fraîchement écloses,
Tandis que son voisin, encor triste et frileux,
    Nous montre à peine sa verdure ?
— Fions-nous-en, cher fils, aux soins de la nature :
Avec elle et le temps, chacun peut être heureux.
Ce Chêne aura bientôt une riche parure ;
    Plus tard tu verras ses splendeurs.
    Tout couvert de ses blanches fleurs,

Le Marronnier, à la touffe élégante

    S'élevant vers les cieux,

    Fait le charme des yeux

    Et sa beauté t'enchante.

    Hélas ! son feuillage léger,

Dès le mois d'août, court le danger

De se faner ; plus de fleurs, plus d'ombrages !

Jusque sous l'aquilon, le Chêne verdira,

    Et sa cime atteindra

    La hauteur des nuages.

    Sa force, sa vigueur

Sont l'effet et le prix d'une sage lenteur.

Demande au ciel, enfant, la grâce qu'on envie,

    C'est le charme heureux du printemps ;

Mais recherche surtout les vertus, les talents

    Qui durent autant que la vie. »

LE RENARD COURTISAN

Certain Renard, fin courtisan,
  Et sachant faire la courbette,
  S'était un jour mis dans la tête
  De protéger un sien parent.
A l'Éléphant, ministre des finances,
  Il prodigue les révérences :
« Vos aïeux, lui dit-il, étaient tous gens titrés,
A la cour de Siam, dit-on, fort honorés.
Pour vous, Seigneur, chacun connaît votre mérite,
Votre coup d'œil est sûr, et vous saisissez vite.
Votre aspect seul impose, et quelle habileté !
Le fardeau de l'État par vous seul est porté. »
L'Éléphant se rengorge et donne l'assurance
D'une charge, ma foi, de forte redevance.

3

Le brevet obtenu, mons Renard disparaît,
Et se permet, le fat ! maint propos indiscret
Sur la lourde personne et les larges oreilles
De celui dont naguère il avait dit merveilles.

Tels sont, en général, messieurs les courtisans :
Tantôt flatteurs et tantôt insolents.

LES FLEURS ET LE RUISSEAU

❧❦❧

Sur un riant coteau
Que baignait de son onde un limpide ruisseau,
S'élevaient verdoyantes
Plusieurs touffes de plantes
De diverses couleurs.
Celles qui fleurissaient sur l'humide rivage,
Aux autres s'adressant : « Hélas ! charmantes sœurs,
Combien vous perdez d'avantage
A demeurer sur ces hauteurs !
Souvent on vous voit languissantes
Sous les feux ardents du midi,
Tandis qu'en un sol attiédi
Nous bravons de l'été les chaleurs accablantes.
— Nous n'envions pas votre sort,

Plaise à Dieu que toujours vous en soyez contentes,
 Répondirent les autres plantes,
Et ne regrettiez pas de vivre sur ce bord!
Voyez, à l'horizon un orage s'apprête,
Bientôt sur ces coteaux soufflera la tempête :
Que va-t-il advenir? Qui bravera l'effort
Des périls rassemblés dans ce sombre nuage? »
Le nuage s'approche et crève en un instant.
Le ruisseau grossissant inonde le rivage,
 Emporte tout sur son passage ;
 Seules, dominant son ravage,
Les plantes du coteau, pliant et se courbant,
 Furent sur pied après l'orage.

 A l'avenir il faut souvent
Savoir sacrifier les douceurs du présent.

LES DEUX CHATS

❦

1861.

Par un vieux Chat une jeune Souris
Sans ressource allait être prise.
Un autre Chat, à la moustache grise,
Soudain survint dans le logis
Et voulut happer la pauvrette.
La guerre bientôt fut complète :
On eût dit ces États, que l'on prétend Unis,
Prêts à se dévorer l'un l'autre.
Dans tout ce brouhaha,
La Souris s'échappa...

Esclaves, son salut vous présage le vôtre.

❦

LES CHAMPIGNONS

Combien la jeunesse est heureuse !
Le blanc, le noir, pour elle tout est bon.
Elle se plaît à tout. légère, insoucieuse ;
Mais a-t-elle toujours raison ?

Des Champignons de toute espèce,
Sur un coteau moussu, sous un ombrage épais,
Naissaient, se remplaçaient sans cesse.
Une bande d'enfants, dans ces lieux verts et frais,
Admiraient de chacun la diverse nuance,
Et, tout joyeux, les ramassant,
En remplissaient leurs mains pour en faire bombance :
« Vois, s'écriait l'un d'eux, vers son père accourant,
Vois les riches couleurs de cette belle plante !
On en fait de bons plats : Suzon, notre servante,

Sait comme il faut les apprêter,

Et je cours pour les lui porter.

— Arrête, cher enfant, dit aussitôt le père,

Prends garde à toi, n'agis jamais

Sans demander conseil et voir ce que tu fais.

Quant à ces Champignons, ne vas à la légère :

Pour distinguer les bons, écarter les mauvais,

Il faut de l'habitude et quelque connaissance,

Ou tu paîrais bien cher ton inexpérience!

Ces Pratelles aux chapeaux blancs

Ou ces Giroles d'or sont des mets bienfaisants;

Cet autre que voici, dont les couleurs vermeilles

S'émaillent de points blancs et dont tu t'émerveilles,

C'est, cher ami, l'Agaric vénéneux,

Le plus mauvais de tous, toujours pernicieux :

La mort attend celui qui veut en faire usage.

Plus tard, en avançant en âge,

Tu verras maint et maint ouvrage

Comme ces Champignons tout fraîchement éclos,

Leur rival en durée et leur fidèle image.

Ces romans prônés et nouveaux,

A la couverture élégante,

Mais à la morale glissante,

Sont un Agaric vénéneux :

N'ayons point commerce avec eux.

Les fables du bon La Fontaine

Ou de l'aimable Florian

Sont, tout à l'opposé, nourriture très-saine ;

Fais-en bien ton profit : on trouve en les lisant

Que l'esprit et le cœur vont toujours s'éclairant.

C'est là, mon fils, bonne leçon à suivre.

Rappelle-toi les Champignons,

Et ne te nourris pas d'un livre,

Sans bien savoir s'il est des mauvais ou des bons. »

LES DEUX CHÊNES

Au sein d'une forêt, un Chêne aux longs rameaux
 Couvrait au loin le voisinage.
Les jeunes Châtaigniers et les frêles Bouleaux
Prospéraient à l'envi sous son antique ombrage.
Tout près, un autre Chêne, au front audacieux,
 Semblait vouloir braver les cieux.
Il prenait en pitié son utile confrère.
  Le tonnerre gronda
  Et la foudre éclata :
  L'orgueilleux mesura la terre ;
Sous ses débris fumants, tout plia, tout périt.
Auprès de son voisin, loin des feux du tonnerre,
Chaque arbre s'éleva, chaque plante fleurit :
Sort modeste, mais sûr ! Région fortunée !

Quand on vit près des grands, on suit leur destinée.

TOMY ET MÉDOR

Des Canards éveillés, et d'une belle race,
Folâtraient à l'envi dans un large bassin;
On les voyait glisser, disparaître soudain,
Reparaître plus loin et nager avec grâce.
Tomy le bouledogue, un dangereux voisin,
    Eût bien voulu sur eux faire main basse;
    Le fripon ne manquait d'audace,
Mais du bras de son maître il savait la lourdeur.
    Voulant dissimuler sa trace,
Il va trouver Médor, son compère, chasseur,
Bon garçon, et de plus un renommé nageur;
« Vois-tu bien, lui dit-il, ce jeune volatile?
De sa chair nous ferions un succulent repas.
    Mais le happer n'est point chose facile,

Et je ne vois que toi d'habile
Pour un pareil exploit ; car tu ne manques pas,
   Sur la terre comme sur l'onde,
Le gibier, quel qu'il soit, dont tu veux le trépas.
Il est digne de toi d'aller en eau profonde,
Saisir et rapporter ces oiseaux destructeurs ;
Notre maître, crois-moi, t'en dira des douceurs. »
Médor hésite un peu, mais ce discours le flatte,
Et, plongeant tout à coup, il allonge la patte
Sur les canards tremblants... Vain espoir ! leurs clameurs
Ont fait retentir l'air, donné l'éveil au maître.
Il vient le fouet en main ; on le voit apparaître,
   Criant, jurant et tempêtant.
Or, pendant que Médor se mettait à l'ouvrage,
Notre Dogue accroupi, muet sur le rivage,
S'apprêtait à donner coups de patte et de dent ;
Voyant le fouet jouer, il courut au plus vite
   Se blottir dans son gîte.

On connaît bien des gens, gens de beaucoup d'esprit,
Qui conseillent le mal, pour en tirer profit ;
Le danger survient-il, les voilà tous en fuite.

L'AIGLON ET L'ÉPERVIER

Un Aigle dans les airs régnait en souverain.
  Ce pouvoir qu'il tenait en main,
  Il prétendit l'assurer dans sa race
Par un mérite vrai, le seul qui laisse trace.
  Son fils, élevé mollement,
  Jusque-là n'était pas savant;
Pour l'instruire au grand art que l'on nomme la guerre,
Chez un Faucon célèbre il conduit son aiglon,
  L'illustrissime rejeton
De l'oiseau que chérit le maître du tonnerre.
  Ce fut un grand événement
  Pour le docteur comme pour ses élèves,
Gens de haute volée, éduqués noblement.
Saluts et compliments pleuvent sur l'arrivant,
On l'appelait Seigneur, Altesse... Seulement
L'étude et le travail avaient nombreuses trèves;

Notre oiseau paresseux et, de plus, insoumis,
Du maître complaisant dédaignait les avis.
Un jour l'Aigle, voulant faire l'expérience
    Des progrès que dans la science
    Ce cher fils avait accomplis,
    Donna l'ordre qu'en sa présence
    Les écoliers fussent admis.
   Les voilà tous entrés dans la carrière :
      Un Épervier
     S'élance le premier,
    D'une allure intrépide et fière ;
Il décrit dans les airs des cercles prompts, hardis ;
    Puis, s'abattant sur un taillis,
Il revient triomphant, rapportant dans sa serre
Un Levraut que, du coup, au gîte il avait pris.
Le paresseux Aiglon s'éloigna peu de terre,
    Ses membres étaient engourdis.
Quelque peine qu'il prît, il manque une Alouette.
    On vit pâlir maître Faucon ;
L'Aigle en courroux pensa lui pourfendre la tête :
« Pour toi, mon fils, dit-il avec juste raison,
 Tu peux bien être un Aigle par le nom,

Mais roi ! jamais ! Coupable nonchalance !
On ne saurait grandir aux bras de l'ignorance !
Il faut que le travail, la noble ambition,
Soient au cœur comme un feu qui constamment petille.
C'est moi seul qui ferai ton éducation. »

Avis à vous, parents ; à vous, fils de famille !

LES CYGNES ET LE COQ

Deux Cygnes au port élégant
De leur beau lac s'éloignaient fréquemment
  Pour dévaster le voisinage.
Un Coq survint, qui leur tint ce langage :
  « Entre nous faisons un partage :
Prenez pour vous les eaux ; happez herbe et poissons,
Et nous laissez les champs, seuls lieux où nous vivons.»
Cygnes avec dédain d'accueillir ses raisons.
  Ce Coq, en oiseau fier et brave,
  Ne voulut être leur esclave;
  Une bataille s'ensuivit ;
  L'un des deux Cygnes l'atteignit
  Des terribles coups de son aile,
  Arme le plus souvent mortelle,
  Et le Coq au Ciel s'en plaignit :

« Grands dieux, s'écria-t-il, punissez l'insolence
Et prenez, si je meurs, le soin de ma vengeance !
    Pour vous, de qui me vient la mort,
    Cygnes à l'équité rebelles,
Des méchants, quelque jour, vous subirez le sort,
    Dans des prisons perpétuelles. »
Alors, comme Roland trahi dans Roncevaux,
De sa fanfare il fait retentir les échos ;
Un Renard l'entendit. Accourant au plus vite,
Il trouble des vainqueurs la cruelle poursuite.
Vous jugez que sur eux d'abord il s'élança,
    Et le pauvre Coq s'échappa.

Toujours à nos côtés veille la Providence ;
Jusqu'au dernier moment, ayons donc confiance.

LES DEUX CASTORS

Deux Castors qui s'aimaient,
Jeunes encore et d'humeurs différentes,
Dans un marais couvert de plantes,
Pour se faire un logis ensemble bâtissaient.
L'un, paresseux, causait, n'agissait guère :
Son ami s'éloignant, il ne savait que faire;
Tandis que cet ami, sage, laborieux,
Et, de plus, modeste pour deux,
Mettait la main à tout. Sa main devint savante;
Il bâtissait solidement,
Pour pouvoir résister à tout événement.
C'était l'hiver; survint une tourmente :
Du paresseux l'édifice croula;
Contre l'effort de la tempête,
La maison de l'ami comme un roc résista.
Celui-ci, ne perdant la tête,

1.

Malgré la saison, se hâta
De secourir le pauvre misérable,
Car le travail rend bon et serviable.
« Allons, dit-il, ne tardons d'un instant,
Mettons-nous à l'ouvrage,
Ranime ton courage,
Comme moi, fais agir et ta queue et ta dent ;
Entourons ta maison d'une digue solide ;
Faisons le vide,
Épuisons l'eau,
Et puis construisons à nouveau. »

Des deux façons d'agir on voit la différence.
Cultivons le travail ; il satisfait nos vœux
Et nous permet encor, bien douce récompense,
De secourir les malheureux.

LE BOSQUET ET LES CANARDS

⚜

Au milieu d'un Bosquet tout émaillé de fleurs,
On voyait un bassin de l'onde la plus pure :
On eût dit un boudoir orné par la nature ;
L'air était embaumé de suaves odeurs ;
    Des prés riants, des massifs de verdure,
    Du Rossignol les chants mélodieux,
Tout récréait l'esprit et captivait les yeux.
La maîtresse du lieu, que ce séjour enchante,
    S'avise un beau matin,
    Pour animer le tranquille bassin,
D'y lâcher des Canards à la plume éclatante.
    Hélas ! ces hôtes destructeurs
Ont saccagé bientôt et les prés et les fleurs,
Attaquent le bourgeon et font périr la plante.

Le ravissant Bosquet ne fut plus qu'un désert.

Contentons-nous du bien ; puis, autre conséquence,
Ne nous laissons gagner par flatteuse apparence ;
Des instincts, des penchants ayons bien connaissance,
C'est à quoi le monde nous sert.

LES DEUX COUVEUSES

Deux Couveuses, déjà vieilles dans le métier,
Conduisaient leurs poussins à travers un hallier,
Mais s'évitaient, voulant qu'entre eux, dès leur enfance,
Rien ne pût altérer la bonne intelligence.
  Elles savaient par longue expérience
    Combien les instincts sont divers.
  Formons leur cœur d'abord, se dirent-elles,
Et s'il existe en eux quelques penchants pervers,
Faisons qu'à nos leçons ils ne restent rebelles.
    Parmi ces chers petits poulets,
Les uns obéissants, d'autres mauvais sujets,
    Chaque mère avait fort à faire.
  Une Couveuse était plus que sévère;
    Parfois jusqu'à l'emportement
Se montait son humeur et même sa colère,
    Et gare alors au châtiment !

Poulets toujours se révoltant,

On vit gémir la pauvre mère.

« Fais comme moi, lui dit sa tranquille commère,

Tu le vois, je suis calme, et ne fais autrement

Que leur parler raison, former leur jugement.

Je fais revivre en eux un noble sentiment,

Et ne reprends jamais qu'avec toute justice.

Ne te mets donc point au supplice,

Et si tu veux qu'on t'obéisse,

Suis mon exemple sur tous points.

Tu verras tes paisibles soins

Avoir réussite complète.

Mes chers petits enfants m'aiment à qui mieux mieux ;

Je ne les rends point malheureux ;

Pourtant nul n'en fait à sa tête. »

La Poule parlait d'or ; comme elle avait raison !

Que de sagesse en sa leçon !

LE SOIR D'UNE BATAILLE

Dans les bois, dans les champs le cor retentissait ;
Une meute animée à grands cris accourait ;
« Grands dieux! se dit le Lièvre, attentif en son gîte,
   Décampons au plus vite,
   Il n'est jamais trop tôt! »
  S'il n'était brave, il ne fut sot :
Comment aurait-il pu soutenir la bataille ?
D'autres hôtes des bois en firent tout autant,
Aussi bien les petits que ceux de haute taille ;
Chacun d'eux se sauvait, beaucoup même en tremblant.
L'hallali résonnait après chaque conquête.
La Meute, à bout de vent, enfin fit sa retraite.
Plus de danger le soir. En cercle réunis,
Nos fuyards rassurés mirent sur le tapis
De ce terrible jour les moindres circonstances.
A loisir sur un arbre aiguisant ses défenses,

Le Sanglier plaisantait le Chevreuil.
« Ami, dit celui-ci, ne t'en prends qu'à ton œil ;
Tu n'as pas vu comment, en faisant volte-face,
    J'ai dans des prés marécageux
Attiré tous les Chiens et fait perdre ma trace.
Le Lièvre qui m'entend fut bien plus malheureux.
Il courait, détalait, et n'eût eu bonne chance
Sans des fourrés épais, salut de sa vaillance ! »
Le Lièvre dit : « De moi je suis fort satisfait ;
    C'est Jeannot-Lapin, mon compère,
    Qui peut avoir quelque regret
    De s'être blotti sous la terre. »
Ainsi, faibles et forts, dans leur style vantard,
    Ils étaient tous fils de Bellone ;
Personne n'avait fui. Quand chacun fait sa part,
    Vous pouvez compter qu'elle est bonne.

LE CÈDRE SE PLAIGNANT A JUPITER

⁕⁓ↄᏅᎧↄⵏ

Le Cèdre aimé des Dieux,

Puissant, audacieux,

De ses rameaux nombreux

Loin de son tronc étendait le branchage,

Il en couvrait le voisinage.

Par cet envahisseur rendus tous malheureux,

Les Arbres d'alentour s'entendirent entre eux

Pour l'enserrer de leur épais feuillage.

Les petits attaquer un grand !

C'est bien de l'audace et pourtant

Cela s'est vu : la persistance

N'est-elle pas une puissance ?

De Jupiter, le Cèdre implora l'assistance.

« Pourquoi quitter les monts qui rapprochent des

Lui dit le Souverain des Dieux,   [cieux ?

5

Quel Sylvain maladroit t'a mis en cette plaine ?
On pouvait aisément prévoir que tes longs bras,
Au lieu de profiter, révolteraient là-bas. »
Jupiter mécontent ne le tira de peine.

        Chaque chose est bien en son lieu ;
        Chacun doit vivre en son milieu ;
        C'est une vérité certaine.

LE CHIEN ET LES BREBIS

Plusieurs Brebis, dans un nombreux troupeau,
  Se plaignaient que Tout-Beau
  Les harcelât sans cesse,
Pour les faire marcher avec plus de vitesse.
 « Pour l'homme seul tu fais ce vil métier,
  On le voit bien à ton collier,
  Disaient les Brebis paresseuses.
  — C'est vrai, leur répondit le Chien,
Je me voue à celui de qui vient tout mon bien.
Mais vous de m'accuser êtes-vous généreuses ?
  Dites : qui donc veille sur vous,
  Prévoit les attaques des loups,
  Et, dans tous les moments, s'apprête
  A vous sacrifier sa tête ?
Vous vous plaignez à tort pour un peu de tourment,
  Et vous regretterez ma dent

Si plus tard le Loup vous avale. »

Un philosophe eût pu, prolongeant l'entretien,
    Souffler au Chien cette morale :
    On voit plus le mal que le bien.

LE CHIEN, LES OIES ET LES PINTADES

Me promenant un jour dans un parc, où la Seine,
Par de riants et de nombreux contours,
Se plaît à ralentir son cours,
J'ai vu (la chose est donc certaine),
Un Chien, des basses-cours l'effroi,
Se retirer sans bruit et sans bravades
Devant une Oie et des Pintades.
Qui l'aurait cru? ce n'était moi.
L'Oie allongeait son cou, comme font les vipères,
La Pintade, à son tour, s'élançait sur le dos
Du pauvre Chien qui fuyait ses ergots;
Ne vous étonnez plus... l'une et l'autre étaient mères.

Enfants pour qui j'écris, vous devez le savoir,
Une mère pour nous est une Providence.
Tout est doux à son cœur quand parle le devoir,
Accablons-la d'amour et de reconnaissance.

5.

LE BAS-BRETON ET LE POMMIER

« Pommier, chien de Pommier,
Disait, en langage grossier,
Un Bas-Breton, plus qu'à demi sauvage ;
Toujours des feuilles, aucun fruit !
De soins constants j'entourai ton jeune âge,
Te greffant, t'émondant ; pouvais-je davantage ?
Et cependant point de produit !
La misère par toi sera donc mon partage ?
A t'enlever du sol, comment ne pas songer ?
Tout m'irrite et me désespère.
— Ami, lui dit un voisin, homme austère,
Du découragement évite le danger.
Tout dépend de la Providence ;
D'un Dieu plein de bontés implore la puissance ;
Il est bon de s'industrier,
Mais, cela fait, il faut prier.

LES LAPINS INDÉPENDANTS

Des Lapins au logis l'un sur l'autre entassés,
Un jour, dans un enclos d'assez grand arpentage,
S'échappèrent joyeux ; mais ce n'était assez,
    Ils rêvaient encor davantage.
    Le plus âgé, réputé sage,
(Car même les Jeannots acquièrent par les ans,)
S'applique à les calmer par grave remontrance :
    « Lapins légers et turbulents,
Écoutez, leur dit-il, la voix de la prudence :
Tenez pour un grand bien ce champ où vous courez,
Pour vous viennent à point repos, bonne pitance.
Vous serez moins chez vous étant moins resserrés,
On vous pourchassera, croyez ma prophétie. »
A vaincre ces mutins, il ne fallut songer,
    Aucun ne croyait au danger ;
L'esprit d'indépendance était de la partie.

L'un par l'autre excités, au travail s'animant,
Voilà tous nos coureurs de l'enclos s'échappant.
Surviennent les chasseurs : nul n'est assez alerte ;
On les traque, on les prend ; ils succombèrent tous.

  Jeunes amis, avis à vous ;
N'agissez par complot, on y trouve sa perte :
Une mauvaise tête à deux cents fait la loi,
Car c'est aux moins sensés que l'on ajoute foi.

LA BICHE FAVORITE

Une Biche à la cour vivait en favorite ;
Le maître du logis la caressait souvent,
Et plus d'un courtisan qui marchait à la suite
    Lui réservait un doux présent.
La bête affriandée, exigeante et rebelle,
Regardait à la main dès qu'on venait vers elle :
Point de dons, point d'accueil, coups de patte et de
Enfin, las de la voir estropier les gens,   [dents.
Le Prince résolut de châtier la belle ;
Il donna tout à coup l'ordre de l'exiler.
Dans la forêt lointaine, il lui fallut aller.
La pauvre Biche, hélas ! sentit la différence ;
Où retrouver jamais si brillante existence ?
De ses gémissements l'écho retentissait ;
De ses grands airs pourtant rien ne la corrigeait ;

Les bêtes la fuyaient. Seule et désespérée,
Elle allait parcourant la sauvage contrée,
Donnant un libre cours à toutes ses douleurs :
« C'en est trop, disait-elle en sa tristesse amère ;
Tout s'éloigne de moi, même le Cerf mon frère ;
J'ai tout perdu ! Croyez aux princes, aux flatteurs ! »
Un vieux Chevreuil lui dit : « Ma chère,
Que n'as-tu tout perdu ? Tu n'as plus tes grandeurs,
    Mais tu gardes ton caractère. »

L'ÉPAGNEUL AMBITIEUX

Un Epagneul s'éloignait de son gîte ;
  Il allait au plus vite
  Vers un vieux et riche château,
  Où certain puissant personnage,
Ayant laquais dorés, chevaux, bel équipage,
Voulait pour son chenil recruter du nouveau.
  Lui, bon chasseur, bien fait et beau,
Fut goûté par les gens de notre seigneurie.
Incontinent admis, il se vantait tout haut,
D'avoir fui le logis, et son effronterie
Allait jusqu'à railler le lieu de son berceau.
Le ciel le châtia. Cédant à leur furie,
Les chiens qu'il remplaçait s'acharnent sur sa peau.
Défiguré, traînant la patte et fort penaud,
Il s'évade, sans bruit, non sans mélancolie :
« Que je fus sot, se dit alors notre animal,
  De quitter ainsi mon bon maître !

Il me soignait. Chez lui, préservé de tout mal,
De ses enfants que, ma foi, je vis naître,
J'étais le préféré ; j'avais mille douceurs.
Oui, mon ingratitude a causé mon malheur !
Retournons au logis. » Il perd, hélas ! sa route.
   La nuit venant, il s'enfonce en un bois,
N'ayant de tout le jour rongé la moindre croûte,
Affamé, fatigué comme un cerf aux abois.
Le matin le ranime, et le voilà qui trotte.
On le voit ; on le prend pour un chien malfaisant,
     On le saisit, on le garrotte,
   Quoiqu'il fût humble et suppliant.
A la ville prochaine, il est mis en fourrière,
Et l'on allait l'abattre en crainte de sa dent,
Quand son maître survint, et, grâce à sa prière,
Le triste fugitif put rentrer repentant.

    De son heureuse quiétude,
    Pourquoi s'était-il dégoûté ? .
L'ambition sans doute a quelque bon côté,
    Mais non jamais l'ingratitude.

LE POT DE TERRE ET LE POT DE FER

Sur son réchaud, une humble ménagère
Complaisamment soignait un Pot de terre,
Le seul espoir du souper du logis.
De ce labeur rien n'eût pu la distraire,
C'était l'objet des plus constants soucis.
Le Pot de fer, ce redouté confrère,
Qui, depuis La Fontaine et son récit charmant,
        Vit toujours dans l'isolement,
Se disait en son coin : « Quelle sotte manie
De prendre le fragile au lieu du résistant,
De choyer de l'argile et non pas ma personne,
Moi qui coûte plus cher, moi qu'aucun choc n'étonne!
        C'est bien vouloir fermer les yeux. »
Il parlait haut. « Ami, lui dit la ménagère,
        Ma soupe est dans ce pot de terre. »

6

Hommes d'État, si glorieux
D'étaler à nos yeux savoir et beau langage,
    Voulez-vous être précieux
    Faites bouillir notre potage.

L'INVENTEUR

Dans l'antique Venise,
Un homme à barbe grise,
Qui ne manquait point d'art,
Par un heureux hasard,
Fut l'inventeur... Mais c'est une merveille,
Et vous ferez la sourde oreille;
Cependant je l'ai vu, de mes propres yeux vu,
Et je n'étais point prévenu...
— Quoi donc? — Eh bien, chose admirable !
Mes yeux ont vu rendre potable
Par un coup de piston, sans autre talisman,
L'onde amère de l'Océan.
— Vous vous riez de nous? — Mais non, la chose
Émerveillé de l'aventure,   [est sûre.

Un vase par mes soins fut rempli de cette eau.

A plusieurs grands savants renommés en chimie,

Je le remis en main. Le bruit du fait nouveau

    Alla jusqu'à l'Académie.

Cette eau pouvait se boire et, sans le moindre mal,

Abreuver une escadre avec son amiral.

Mais combien ici-bas de toute bonne chance

Nous savons à plaisir détruire les bienfaits !

« A moi la gloire, à moi les plus brillants succès ! »

    Disait partout avec jactance

L'Inventeur, se plaçant au rang des demi-dieux.

A l'en croire, il changeait l'existence du monde.

Il n'était, selon lui, de mer vaste et profonde

Qui, par sa mécanique aux effets merveilleux,

Ne perdît tout son sel, et d'une pure source

N'égalât, sur-le-champ, la bonté, la douceur.

Pour les navigateurs, quelle immense ressource !

Le succès fut bien court et l'espoir bien menteur !

Enflé, présomptueux, l'homme agrandit sa pompe,

S'égare en ses calculs, il recherche, se trompe,

Et, le jour de l'essai, trahi par le piston,

    Il faillit perdre la raison.

Profitez d'une bonne aubaine,
Mais bornez votre ambition;
Fiez-vous à l'occasion
Plutôt qu'à la faiblesse humaine.

LE LION ET SES SUJETS

❧✺❦

Parmi les animaux on vit des Scipions
S'élever quelquefois au milieu des Nérons.
Un jeune Lionceau, d'un noble caractère,
 Ne ravissait ni brebis, ni moutons,
Mais il faisait plier sous un joug nécessaire,
Les hôtes des forêts qui lui faisaient la guerre.
  Quand il régna,
 A la terreur le calme succéda.
 On observa les lois de la justice;
Le malfaiteur ne trouvait de complice;
  Le faible protégé
 Ne voyait plus son réduit saccagé.
Heureux effets d'une sage puissance !
 Or, il advint cette occurrence :
Dans les sombres forêts des déserts d'Orient,
 S'organisait, sans cesse grandissant,
D'animaux dévorants une nombreuse armée,

Menaçant les États du Lion bienfaisant.

Sa Majesté n'en fut trop alarmée,   [vassaux,
Comptant sur ses plus grands et ses moindres
Tous prêts à la servir, en valeur tous égaux,
      Tous dévoués à sa personne.
Sachant que de la guerre on amoindrit les maux,
      Quand on sait prévenir Bellone,
Il presse ses soldats, et la trompette sonne.
          Il s'avance en héros.
Contre ses bataillons qu'aucun danger n'étonne,
Viennent s'anéantir les autres animaux.
Dans les ondes du Styx ils allèrent tous boire.
Le Lion put chanter une illustre victoire :
Sur son peuple il avait répandu les bienfaits.
Il fut doublement grand, l'étant par ses sujets ;
Tous, d'un commun accord, lui vouèrent leur vie.
Quoique fort, soyez bon : c'est la force infinie.

Il n'est point, direz-vous, de semblable Lion :
— Et celui d'Androclès? et celui de Florence ?
Ceux qu'on tire aujourd'hui par derrière un buisson
      Sont des rois de la décadence.

LA LIONNE ET LES LETTRÉS

Par mille on compte les flatteurs ;
A côté de la flatterie,
Il est un autre écueil, l'envieuse ironie,
Qui des nobles efforts décourage nos cœurs.
Une Lionne fort savante,
Mais aussi quelque peu pédante,
Accueillait à sa cour, en petit comité,
Et croyant leur venir en aide,
Les Lettrés renommés de la gent quadrupède.
Chacun d'eux y portait avec sobriété
Le tribut de ses vers ou celui de sa prose.
Cette réserve avait sa cause :
La dame était pointue, et le trait malveillant
De sa bouche sortait plutôt qu'un compliment.
Approuvant tous son jugement,

Flatteurs de se courber, loin de la contredire.

  C'était toujours même satire,

Toujours mauvais esprit et faux raisonnement.

Aussi tout s'éteignait, et la prose et la lyre.

 La Lionne voyant ce découragement

S'en étonnait tout haut, et nul n'osait l'instruire

  D'un motif trop connu de tous.

  « Vous devez vous en prendre à vous,

Lui dit un Rossignol qui, sur sa haute branche,

 Se sentait à l'abri des coups ;

Vers le mauvais côté votre esprit toujours penche ;

  Vous n'aimez pas la vérité.

Imitant vos travers et poussés par l'envie,

Vos flatteurs au mérite ôtent l'activité ;

A vos arrêts, aux leurs, soit dit sans vanité,

Je ne chanterais pas, s'il me fallait souscrire. »

  Le talent, c'est la liberté.

LES ANIMAUX VOULANT FORGER
DES ARMES

Les animaux, voyant chez les humains
Forger canons rayés sur bruyants avant-trains,
    Fusils pour la mousqueterie
Et sabres affilés pour la cavalerie,
Se dirent : « Pourquoi donc n'en ferions-nous autant ?
L'homme, plus circonspect, retiendrait sa furie ;
Ses coups atteindraient moins l'animal innocent ;
    Ayant en main les mêmes armes,
    Et, qui plus est, griffes et dents,
Dans nos antres profonds devenus tout-puissants,
Nous n'éprouverions plus de si chaudes alarmes.
— C'est bien, dit le Renard : mais savez-vous comment
On coule le mortier, la longue couleuvrine ?
C'est le secret de l'homme ; acquérez son talent. »
Chacun, à ce propos, fit une longue mine,

Moins le Bœuf, compagnon des plus laborieux.

« Dans mes efforts, dit-il, vous me verrez heureux.

— Bah! reprit le Renard, tu ferais de l'eau claire ;

Ton esprit ne convient pour un pareil mystère;

Retourne à ta charrue. » Il fut mis de côté.

Le critique, à son tour, au travail invité,

Se reconnut trop vieux : « Voici notre confrère,

  Ajouta-t-il, messire l'Éléphant,

  Que j'aperçois réfléchissant ;

Qui sait s'il n'est point apte à fournir la carrière?»

On en pouvait douter ; mais tous au même instant,

  A qui mieux mieux le dénigrant,

L'écartèrent d'accord. Le démon de l'envie

  Était déjà de la partie.

Il s'agissait, hélas ! bien moins de réussir,

Que de blâmer celui qu'on aurait pu choisir.

C'est ainsi trop souvent qu'on fait en politique ;

C'est ainsi qu'a péri plus d'une république.

Ayez plutôt un chef d'un renommé talent,

Qui, commandant de haut et bravant la critique,

Rende l'orgueil lui-même aux lois obéissant.

LA CHÈVRE ET LE BOEUF

Un champ était vacant, par l'absence du maître ;
La Chèvre, qui souvent accourait pour y paître,
Voulut en retirer quelque denier comptant ;
    Elle n'avait grande ressource,
    Et la voilà toujours en course
    Dans l'espoir de trouver chaland.
Non loin de son domaine, elle voit d'aventure
    Un Bœuf à la forte encolure
En train de labourer. « Louez-moi donc mon champ,
    Lui dit la Chèvre en l'abordant,
Vous ne trouverez point autre endroit qui le vaille ;
    Vous y ferez forte semaille.
— Oui-dà, répond le Bœuf, là-dessus ruminant,
Je vois là du travail, une énorme dépense,
    De profit bien petite chance ;
    Je ne puis en donner que tant. »

— Que tant? vous me la baillez belle !

A ce prix-là, pour un prenant,

Il m'en viendra bien plus de cent.

Fouillez au fond de l'escarcelle,

Agissez sérieusement. »

Maître Bœuf tenait bon, la dame, sans relâche,

Pendant un mois entier à le vaincre s'attache,

Le maître de céans revient à la maison,

Dès lors plus de location.

Que de traités rompus, de procès en instance,

De peuples saccagés, réduits à l'indigence,

Quand chacun, soutenant, discutant, s'obstinant,

Prétend ne rien céder à l'autre contractant !

LES DEUX CYGNES ET LE RENARD

« Que ces Cygnes sont beaux ! qu'ils sont appétissants !
    Disait entre ses longues dents
    Maître Renard (on le connaît vorace),
    Mais par malheur, quoi que je fasse,
Je ne puis les avoir au milieu de cette eau.
    Je suis ici réduit à faire
    Comme autrefois un mien confrère
Avec ses raisins verts. C'est un trop maigre oiseau ! »
Persistant néanmoins, toujours en découverte,
Se blottissant parfois, puis s'élançant, alerte,
Il les suit sur les lacs, sur les étroits canaux,
    Nourrissant la douce espérance
De pouvoir les surprendre au milieu des roseaux.
Dans l'un de ces canaux croissait en abondance
Un herbage fleuri, délicate pitance,

Nos oiseaux au long col au fond l'allaient cherchant.

Voilà notre Renard à grands pas accourant,

Plein d'ardeur et croyant qu'on la lui donnait belle.

Mais que vit-il de près? Un seul avait plongé;

L'autre, la tête en l'air et le col allongé,

Restait toujours en sentinelle.

LE RENARD ET LES DEUX CYGNES

De même vérité, comme dit La Fontaine,
  Deux fables ici feront foi.
  La chose en sera plus certaine,
  Et sur ce sujet croyez-moi.

  Après une alerte si vive,
Nos Cygnes revenaient et côtoyaient la rive
D'une vaste prairie, où des prochains hameaux
  Pâturaient les nombreux troupeaux.
Fiers d'avoir dérouté leur terrible adversaire,
L'un et l'autre à présent sans peur ils s'éloignaient,
  Et d'une contenance altière,
  Tranquillement se pavanaient,
Sillonnant leur beau lac, voguant à l'aventure.
Le Renard n'était loin ; tapi sous la verdure,

A travers les troupeaux le drôle se glissant,
Sur l'un des deux oiseaux tombe furtivement,
Le happe, et de son sang teint au loin l'onde pure.

A se bien prémunir, sans cesse il faut songer ;
Quoique n'étant soldat, il faut s'armer en guerre.
    De l'homme telle est la misère,
Toujours, autour de lui, naît, renaît le danger.

L'ÉCUREUIL ET LE BRIQUET

Un Écureuil allait à la noisette ;
D'autres y vont aussi, mais pour conter fleurette.
Un soir qu'il furetait sur le bord d'un chemin,
Un objet inconnu se trouve sous sa main,
Il y porte la dent. « Quelle plaisanterie !
   D'où vient, dit-il, cet étrange morceau ? »
   Il le retourne, en tous sens le manie,
   Et puis le lâche, y revient de nouveau ;
A savoir ce que c'est, en vain il s'étudie ;
     Il voit qu'il y perd son latin,
     Et le rejette avec dédain.
  De son cher fruit il se remet en quête.
Quelques instants après, certain bruit l'inquiète ;
Le voilà sur un arbre en un clin d'œil monté.
Il voit un voyageur qui sous l'arbre s'arrête
Et ramasse l'objet qui l'avait tourmenté ;

Puis tout à coup jaillit une vive lumière...

    Que croyez-vous qu'était l'objet ?

    C'était simplement un briquet.

Le phosphore enflammé brillait dans la clairière.

Ce qui chez le vulgaire a peu d'utilité,

Dans les mains du génie est pour l'humanité

Un bienfait imprévu qui la guide et l'éclaire.

LE SINGE FABULISTE

Ne soyez pas pédant,
Mais quelque peu savant,
Assez pour vous complaire à la littérature :
C'est ainsi qu'on fait feu qui dure.

Le Singe et l'Éléphant, couple contemporain,
Du poids des ans allaient subir l'outrage,
Triste moment même pour le plus sage !
Maître Bertrand en avait grand chagrin.
« Que j'avais peu prévu les ennuis de la vie !
Mon esprit devient lourd ;
Adieu plaisirs et plus de charmant tour,
Se disait l'ex-danseur plein de mélancolie.
Que faire de mon temps ?
Combien pèsent les ans !

Perclus, tout à présent m'obsède et m'importune.

   O perfide Fortune !

Toi qui me chérissais, tu me maltraites fort. »

L'Éléphant l'écoutait. « Crois-tu qu'elle ait grand tort ?

  Lorsque sur toi l'inconstante déesse

Versait à pleines mains les dons de sa largesse,

  Que faisais-tu ? Tu gambadais sans cesse ;

Rien de plus, conviens-en ? Ton esprit pétillant,

Mais paresseux par goût, ne sut à ce moment

Puiser dans les trésors que donne la science.

Pour le déclin de l'âge, il les faut amasser ;

   Crois mon expérience,

  Recherche-les sans jamais t'en lasser ;

  N'embrasse trop, choisis une partie ;

  Esprit malin, né pour la repartie,

La satire est ton fait, tu dois t'y surpasser.

—Non, maître, mes vieux ans m'ont rendu raisonnable :

Je veux plutôt un genre utile, profitable ;

   Je sens que vers la Fable

Mon goût et mon esprit se trouvent entraînés.

 — Sache que dans ce genre on a bien des aînés !

Mais, sans les égaler, on peut suivre leurs traces. »

Ainsi dit, ainsi fait. Bannissant les grimaces,
Le Singe du travail savoura les doux fruits;
Dans un cercle savant plus tard il fut admis;
Ses vers furent goûtés, on vanta sa morale;
     Encouragé, prôné
     Et presque couronné,
Il ne redisait plus : O vieillesse fatale!

LES ANIMAUX EN CHASSE
ET LE RENARD

Les chefs des animaux,
Ce qui dit les forts et les gros,
Se donnaient, réunis, le plaisir de la chasse.
Malheur à toute faible race !
La plèbe expirait sous leurs coups.
Le Renard fut admis. Il fit bien des jaloux ;
Il n'était des plus forts, mais, grâce à son adresse,
Dans ses stratagèmes sans cesse
Tout le gibier tombait à la barbe des grands,
Levrauts, lapereaux et faisans.
La chasse aisément passionne.
Sa conduite déplut, et plus d'une personne
Murmurait sourdement. « D'où vient, dit le Lion,
Un pareil excès d'insolence ?
Ceci mérite une leçon.

Que l'on détale et sans façon !
De notre excessive indulgence
Vous abusez, mon cher, et bien impudemment !
Notre gibier n'est pas pour votre dent,
Allez poursuivre la volaille. »

Maître Renard ne fit là rien qui vaille,
Lui d'ordinaire si prudent !
Avec plus grand que vous, quelque accueil qu'on vous fasse,
Tenez-vous bien à votre place.

LA PERDRIX ET SES PETITS

Des Perdreaux bien venants suivaient leur tendre mère.
   On les voyait, troupe légère,
   S'éparpiller dans les guérets
   Ou le long des vertes forêts.
   . . . se gorgeaient de mainte graine
   Ou combattaient les vermisseaux :
   Il n'est point de plaisir sans peine.
Mais, ainsi qu'il advient chez tous les animaux,
Plusieurs d'entre eux étaient d'un fâcheux caractère,
Refusant d'obéir et chagrinant leur mère.
   Elle espérait les corriger,
   Les préserver de tout danger ;
   Mais rien ne vaut l'expérience.
   Souvent, loin du sein maternel,
   Courant les champs sans défiance,

8

De la triste Perdrix n'écoutant pas l'appel,

    Ils désespéraient sa prudence;

Car le Chat les guettait, ou bien maître Renard,

    Et c'était certes grand hasard

    D'éviter l'une ou l'autre patte.

    Voulant sauver la troupe ingrate,

    La mère sur leurs pas courait

    Et comme eux-mêmes s'exposait,

Si bien que le Renard, trouvant un jour sa belle,

    Sur la pauvre bête tombant,

    L'immola de sa dent cruelle

Et, plus tard, des Perdreaux sut bien en faire autant.

    Triomphez d'un mauvais penchant;

    Qu'en cela votre raison brille;

    Si votre cœur reste méchant,

Le malheur frappera vous et votre famille.

LES DEUX AVEUGLES ET LEURS CHIENS

S'il faut croire l'histoire,
Un certain jour de foire,
Deux aveugles quêtaient,
Et leurs chiens immobiles
Devant eux se tenaient,
Patients et dociles,
Une écuelle entre leurs dents,
Pour recevoir l'aumône des passants.
Ces Chiens étaient d'humeur très-différente :
L'un revêche et grognon : pour le rendre soumis,
Il fallait un bâton; Dieu sait alors quels cris!
Un aveugle perclus souvent s'impatiente.
Le second Chien, d'un caractère doux,
Étudiait ses pas quand il guidait son maître,
Par des soins assidus il se faisait connaître.
L'Aveugle mort, le Chien pleurait à ses genoux,

Chacun voulait l'avoir, et sa chance fut bonne.
Son compagnon hargneux passa de durs moments,
Pour le prendre au logis il ne trouva personne,
Il n'eut dans un chenil que force châtiments.

Soyez doux, soyez charitable,
Mal advient toujours au méchant.
Quand s'approche de vous un être misérable,
Ce que vous donnerez, songez que Dieu le rend.

LES CYGNES

❧

A Mᶦᶫᵉ MARIE G***

Cette fable pour toi ne saurait être faite ;
Toi, d'une mère aimante, attentive et parfaite,
Ayant, dès ton jeune âge, écouté les avis,
Et daignant accueillir ceux de tes vrais amis.
Aussi pour ton bonheur rien ne les inquiète,
Tous les jours passeront comme des jours de fête.

Sur le Léman, des Cygnes naviguaient.
Jeunes, on les voyait, s'éloignant du rivage,
Faire briller au loin leur ravissant plumage ;
En vain, de plus âgés à l'envi leur criaient,
    Voyant leur conduite peu sage :
« Pressez votre retour, ce point noir au levant

8.

Présage des tempêtes,
Rentrez au port. Pour abriter vos têtes,
Il ne vous reste qu'un moment. »
Hélas ! autant en emportait le vent.
Une première faute à de grands maux entraîne !
Éole furieux bouleversa les flots,
Dispersa les pauvres oiseaux
Et rendit leur perte certaine.

Des parents, des amis, quand la voix vient à vous,
Écoutez leurs conseils, fruit de l'expérience.
Le Ciel, dans sa bonté, les plaça près de nous,
Pour éclairer notre ignorance.

LE VIEILLARD ET LE BAUDET

Un Baudet charriait des herbes au village,
Il allait à pas lents, son maître le suivait ;
    Tous deux étaient courbés par l'âge.
Sur la route parut un brillant équipage ;
Il fallut se garer, car rien ne l'arrêtait.
Un Cheval leur jeta mainte et mainte sottise.
« Passez votre chemin, lui dit la barbe grise,
Baissez votre caquet, la vieillesse pour vous
    Viendra, comme elle a fait pour nous,
Et même un peu plus tôt, car on ne dure guère,
    A faire ainsi le conquérant.
    Ceci vous soit dit en passant,
    Bel animal à l'allure si fière. »
Au bout de peu de temps, éreinté, puis fourbu,
    Maître Cheval, de ses honneurs déchu,

Ne put traîner une ombre de charrette.
Dieu sait comment périt la pauvre bête !

Vouloir par trop briller réussit rarement.
Pour le savoir n'attendez le grand âge.
Et retenez bien cet adage :
De l'emploi qu'on fait du présent
L'avenir toujours se ressent.

LE CHIEN COURANT ET LE CHIEN COUCHANT

Un Chien courant, de bonne race,
Un jour, pour trop d'emportement,
Fut châtié plus que sévèrement ;
Il se plaignait, et non sans fondement.
Un Chien couchant lui dit : « Écoute-moi, de grâce,
Le garde avait raison
Quand tu reçus son plomb.
Nous t'avons vu, dans une ardeur extrême,
Attaquer le Chevreuil, le Sanglier lui-même,
Sans bien savoir si c'était le moment ;
Bon vouloir ne suffit, il faut du jugement.
Cher compagnon, trêve à ta doléance :
Se résigner adoucit la souffrance.
— Ce bon vouloir, reprit le Chien blessé,
Ne devait-on m'en tenir compte ?

Pourquoi donc oublier les dangers que j'affronte ?

Un seul conseil m'eût bientôt redressé.

Je ne mettais nulle malice

A m'élancer, à tant courir.

Ce qui me fait le plus souffrir

N'est pas le plomb, mais l'injustice. »

LES DEUX BASSETS

Deux Bassets conversaient
Et se contaient
Leurs peccadilles.
« Toi, disait l'un, tu vécus dans les drilles,
Ne t'abstenant pas du larcin,
Pour peu que te survînt la faim.
Te souviens-tu que par un coup de tête
(C'était céans un jour de fête),
Lorsque le chef se rendait au marché,
Tu te glissas dans la cuisine,
Et là, de mets friands tu fis force rapine?
Tu fus heureux de t'être bien caché. »
L'autre Chien repartit : « Et toi, de la volaille
Ne t'ai-je vu souvent faire joie et ripaille?

Nous sommes, conviens-en, bien coupables pêcheurs !
Et que nous revient-il d'une telle conduite ?
La chaîne, la menace et sa terrible suite !
Peut-être en vivant mieux a-t-on plus de douceurs.
Tiens, de me corriger il me prend grande envie.
— Je voudrais bien aussi, frère, changer de vie,
Dit l'autre bon apôtre. Hélas ! mais le passé,
Qu'en faire ? Il ne saurait jamais être effacé ;
Inutile d'attendre une telle merveille. »

  Par cas fortuit, un Chien terrier,

  Qui savait plus que son métier,

  Non loin de là prêtait l'oreille.

« Du cœur, amis ! dit-il ; pour vaincre il faut tenter.
Sans crainte tentez donc, vous êtes en bel âge,

  Et, comme dit l'adage :

L'avenir est à vous, sachez en profiter.»

LE FAUCON ET LE MILAN

Certain Milan chassait et ne savait s'y prendre;
Un Faucon, son parent, près de lui l'appela,
  Et, lui portant un amour tendre,
  A le former tout entier se voua.
Rechercher le gibier, le guetter au passage,
Puis dans l'air s'élancer, sans cesser d'être sage,
  Telles étaient ses constantes leçons.
A la fin le Milan put saisir des Pigeons.
  Dès ce moment, son orgueil fut extrême,
  Il méconnut son bienfaiteur lui-même,
  Son premier maître et son appui.
« Vous voyez, lui dit-il, je n'ai besoin d'autrui ;
Ce Lièvre ici-gisant succomba sous ma serre,
Dans les épais taillis où je lui fis la guerre;
  Il n'y portera plus ses pas.
  Honneur aux Aigles de l'Atlas!

9

En suivant leurs conseils je suis devenu maître !

— Tu n'es si fort que tu le veux paraître,

Répondit le Faucon qui sentit vivement

Cet oubli de ses soins, de son attachement.

Des sentiments ingrats tu combles la mesure.

Un Aigle, toi ? Non, jamais ! je le jure.

Tu regretteras ma leçon,

Car tu n'es pas même un Faucon. »

Le manque de reconnaissance

Parfois se sent comme une offense.

LA CHARITÉ ET LA PRUDENCE

A la porte d'un temple, un jour, la Charité
    Fit rencontre de la Prudence ;
    C'était grande solennité,
    Et nombreuse était l'assistance.
La Charité donnait, donnait abondamment.
L'autre, de son manteau saisissant la bordure,
    Lui dit : « Ma sœur, c'est imprudent !
Ici, de tous côtés, tu sèmes ton argent ;
Tu feras quelque jour une triste figure.
— Sois tranquille, ma sœur, reprit la Charité,
On ne pêche jamais par excès de bonté ;
Je donne sans compter, mais là-haut Dieu mesure. »

LE FAUNE ET LA NYMPHE

Un Faune dont la barbe attestait le grand âge,
   Pour une Nymphe, aimable et sage,
Mais peu sensible, avait un tendre attachement.
     Il lui disait souvent :
   « Dans les forêts je ne vais plus courant ;
   Par ta présence et par ta causerie,
Viens quelquefois charmer mes peines, mon loisir,
Ou bien, à ton retour de la verte prairie,
Apporte-moi des fleurs, gage de souvenir ;
    A plus d'une jeune compagne
    Je t'en vois faire des présents ;
    Accorde-les à mes vieux ans.
    Toujours le bonheur accompagne
    Les cœurs tendres et bienfaisants. »

Le Faune plusieurs fois répéta sa prière ;
Aucun refus ne vint de celle qu'il aimait ;
Mais on ne disait rien, il fallut bien se taire,
    Et pourtant le Faune en souffrait !

Rien ne blesse le cœur comme l'indifférence,
    Et son langage est le silence.

LES DEUX RUISSEAUX

D'un rocher jaillissait une source limpide,
Puis en deux cours divers bientôt se divisant,
    Vers la plaine liquide
Son onde s'écoulait. Un Ruisseau, n'écoutant
Que l'espoir de briller, prend le chemin des villes ;
Il fuit les prés, les champs, qu'il trouve trop tranquilles,
S'éloigne, disparaît ; pendant que l'autre cours,
   Obéissant à l'instinct le plus sage,
    Et plus modeste en ses amours,
De ces champs, de ces prés forme son seul rivage.
   L'ambitieux approche de Memphis,
Des plus rares beautés il est soudain épris.
Il entre hardiment dans la ville opulente ;
    Tout le séduit et tout l'enchante.
Mais bientôt, resserré dans de nombreux canaux,
Il n'entraîne avec lui que fange et qu'immondices ;

On craint en l'approchant la peste et tous ses maux ;
Dans le Nil limoneux il engouffre ses eaux,
  Et se perd dans les précipices.
  Fidèle à son humble destin,
 L'autre Ruisseau, dans sa paisible course,
 En serpentant remonte vers sa source.
Des lieux qui l'ont vu naître il est toujours voisin ;
Il féconde les champs, fait verdir le rivage,
 Tout s'embellit et croît sur son passage,
Et quand il faut enfin quitter le sol natal,
Il rejoint l'Océan, plus pur que le cristal.

Dès votre premier pas choisissez votre route ;
Souvent on se fourvoie, et bien cher il en coûte.

LES ANIMAUX AU BAL

Les hôtes d'un beau parc où se donnaient des fêtes,
Voulant se divertir, comme font les humains,
Se dirent tous entre eux : « Nous sommes peu malins
De rester dans l'ornière et passer pour des bêtes.
Montrons que nous avons esprit et jugement ;
Que, sans trop nous vanter, nous valons bien autant
Qne cet être à deux pieds qui se dit notre maître.
          Faisons-lui bien connaître
Que nous aussi, quoique habitants des bois,
Nous savons nous donner les plaisirs de la vie ;
          Passons-nous-en l'envie;
Sautons, dansons, gambadons à la fois. »
Ce qui fut dit fut fait. Voilà Daim, Cerf et Biche,
Et tous les pieds légers que dans un parc on niche,
Lançant la jambe en l'air sans flûte ni hautbois.

Témoin de cette étrange scène,
Un vieux Chevreuil en conçut de la peine.
« L'orgueil va s'en mêler, cela finira mal, »
Se disait à part lui le prudent animal.
Cela ne put tarder. Plus que son camarade,
Chacun voulut faire le beau, briller ;
C'était à qui ferait la plus haute gambade
Aux dépens des voisins. Ceux-ci de sourciller,
Et puis maints coups de dents, avec mainte bourrade ;
Ce ne fut que tumulte et fréquent horion :
Le bal se convertit en un champ de carnage.

Le vieux Chevreuil fut le seul sage.
Il savait que l'accord, en toute occasion,
Est seulement le fruit de l'éducation.

LES DEUX CASCADES

Deux Cascades étaient formées,
L'une par un fougueux torrent,
L'autre par un ruisseau qui coulait lentement
Dans un vallon aux plantes parfumées.
De toutes parts du ciel s'épanchèrent les eaux.
Aussitôt le Torrent, sortant de son repos,
Remplit les airs du bruit de ses rapides flots.
Il n'est rien que sa voix ne couvre et ne domine.
Superbe et fier, il plaint sa tranquille voisine :
« Ma sœur, dit-il, à quoi donc pensez-vous ?
Votre murmure est presque le silence ;
Tandis que mon fracas, au tonnerre pareil,
Mon écume qui vole et cache le soleil,
Signalent au loin ma puissance. »
Mais bientôt de sa sœur l'orgueilleux fut jaloux.

L'onde de la douce Naïade
Coulait toujours en limpide cascade ;
Et le tumultueux Torrent,
Quand le ciel s'apaisa, quand vint la sécheresse,
Tomba presque dans le néant.

Écoutons toujours la sagesse ;
Fuyons l'éclat et le vain bruit ;
Tout disparaît et tout s'écoule,
Les chagrins arrivent en foule :
Mieux vaut un paisible réduit.

LE BOEUF ET LE CHEVAL

Le Bœuf et le Cheval eurent pour héritage
    Un pré d'assez maigre valeur.
Un jour advint pourtant où de leur pauvre herbage
    Le produit se trouva meilleur.
« Ami, dit maître Bœuf, il me paraîtrait sage
    De profiter du bon moment.
Vendons, si tu m'en crois, au fermier diligent,
    Ce que nous possédons de terre ;
Puis à tous nos besoins son grenier pourvoira ;
Nous aurons, pour toujours, fait une heureuse affaire.
Sans trop temporiser le Bœuf s'exécuta.
Le quadrupède altier, pour mieux faire, hésita.
Une guerre survint, aux vendeurs peu propice ;
On vit plus d'un malheur et plus d'un sacrifice.
Le prix de la récolte incontinent baissa,
Le Cheval vécut maigre et le Bœuf s'engraissa.

N'exigeons trop de la Fortune,
A qui veut l'asservir elle garde rancune.
Si nous négligeons l'à-propos,
La fantasque qu'elle est souvent tourne le dos.

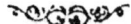

L'ABEILLE ET LE HANNETON

L'Abeille dans un champ volait de fleurs en fleurs ;
    Elle trouva sur son passage,
    Venant des bois du voisinage,
  Le Hanneton aux instincts destructeurs.
  « Depuis longtemps on ne t'aperçoit guère,
Lui dit l'Abeille. Et que fais-tu sous terre ?
L'étude et le travail t'ont-ils bien éclairé ?
Savoures-tu les fruits que donne la science ?
— Oui, dit le Hanneton encor tout effaré ;
    J'ai pris parfaite connaissance,
    D'abord sous terre, et puis au jour,
Des racines, des fruits qui servent de pâture ;
Aussi je me promets fort bonne nourriture ;
Le travail vient après, ce n'est là mon amour.
— C'est pour cela, reprit la Mouche diligente,

Que ton esprit pauvre et léger
Ne sait bien souvent diriger
Ta marche incertaine et bruyante.
Je te vois en tous lieux, par un penchant fatal,
Tout saccager et tout détruire ;
Tu ne prends nul souci de nuire
A l'homme courroucé, qui te rend mal pour mal,
Te pourchasse dans l'air aussi bien que sous terre
Et te fait sans pitié la plus terrible guerre ;
Tandis qu'il me chérit, me construit ma maison,
Me prodigue ses soins, et ce n'est sans raison.
A moi tous les bienfaits d'une paisible vie,
Pour toi la colère et la mort ;
A vaincre tes penchants, ami, je te convie ;
Pour te faire estimer n'épargne aucun effort :
Je retourne à ma ruche et je bénis mon sort. »

LE LABOUREUR ET LE BŒUF

Consultons le voisin, s'il est personne sage ;
  Un bon conseil tient lieu d'apprentissage.
Un laboureur, séduit par un nouvel engrais,
Dont chacun lui vantait les merveilleux effets,
Laissa son vieux fumier, propice à sa semence,
    Pour s'engouer de l'incertain,
Et par là se livrer aux chances du destin.
Un Bœuf, qui le voyait s'engager sans prudence,
Se disait à part lui : « Mais vois donc ton terrain,
    Regarde comme il se comporte :
  Toi qui prétends tout régir ici-bas,
Sache que dans ton champ le sol est riche et gras,
Et que de cet engrais l'action est trop forte ;
    En herbe ton blé poussera,
    Mais pour produit de ta semaille,
Dans ta ferme, à coup sûr, ta main n'engrangera
    Que surabondance de paille.

Tu n'auras qu'un grain avorté ;
Bel effet de la nouveauté ! »

Comme autrefois Cassandre,
Si le Bœuf eût parlé, l'on n'eût voulu l'entendre.
Pour peu que l'appât soit nouveau,
L'homme se prend vite au panneau.

LE CHEVAL DE COURSE ET LE CHEVAL DE LABOUR

~·◦⟨·⟩◦·~

Non loin d'un célèbre hippodrome,
Un Cheval que son maître, en fermier diligent,
   Employait au labour d'un champ,
Entendait applaudir des coursiers qu'on renomme
Et dont le monde entier célèbre la valeur ;
Des bravos, des vivat s'élevait la clameur,
Et la trompette enfin proclamait le vainqueur ;
C'étaient alors des cris qui tenaient de l'ivresse :
Du bon Cheval de ferme ils émurent le cœur ;
   Il se disait, plongé dans la tristesse :
« Je suis Cheval comme eux, mais hélas ! lourd, pesant,
Quand je reçus le jour, le sort me fut contraire !
   Que ne puis-je, léger, brillant,

Entrer aussi dans la carrière,
M'élancer et courir! Si j'étais triomphant,
Quelle gloire pour moi! j'en rendrais fier mon maître,
Je ferais sa fortune et j'aurais du bien-être.
Mais d'un travail servile on me voit l'instrument;
 Destin fatal et qui me désespère! »
Comme il disait ces mots, un Cheval, vers la terre
Abaissant son long col inondé de sueur,
De laine tout couvert et respirant à peine,
  D'une maigreur à faire peur,
Vient à passer, suivant la bride qui le traîne.
Le Cheval de labour, plein de compassion,
  Lui dit : « Mon pauvre compagnon,
  Que je plains ton air de souffrance!
Quel métier fais-tu donc pour cette défaillance?
Quel travail te peut mettre en état si piteux?
Ma force, ma santé te font sans doute envie,
  Tout comme à moi, le sort heureux
Des coursiers dont j'entends les exploits glorieux,
Célébrés par les sons d'une fière harmonie.
— Ami, dit le Cheval, c'est moi qui suis vainqueur!
Bien loin de m'envier, plains plutôt mon malheur.

Ainsi que tu le vois, on paye cher la gloire.

　　　Je reviens à moitié fourbu ;

　　　Il ne faut plus qu'une victoire,

　　　Et pour jamais je suis perdu.

　　　Tu réfléchis, cela t'étonne?

　　De tes pareils ne juge le bonheur

　　　Par l'éclat qui les environne :

Sache-le bien, ami, tout éclat est trompeur. »

LA BREBIS COMPATISSANTE

Une Brebis de moyen âge
Vit périr ses agneaux, bien tendrement chéris.
    Plus d'intérêt dans son humble ménage;
Elle était seule, hélas! mais ne manquait d'amis.
Tous avaient éprouvé sa constante assistance:
Aucun d'eux ne faillit à la reconnaissance.
        Inspirés par le cœur,
Ils vinrent adoucir, tempérer son malheur.
« Voisine, dit un Bouc, suis-nous au pâturage ;
    Nous choisirons un succulent herbage
Pour te rendre la force et ranimer tes sens.
— Laisse-moi, cher ami, consacrer mes moments
        A secourir les indigents,
A ravir au trépas nos compagnons souffrants ;
C'est en faisant le bien que j'ai quelque espérance

D'apaiser mes chagrins, de surmonter mes maux. »
Ainsi dit la Brebis. Il ne fut infortune
(La chose en tous lieux est commune)
Qu'elle ne soulageât, sans prendre de repos.
Elle allait dans les champs près de la Chèvre errante,
    La prévenir que le Loup la guettait ;
Si la Vache en un coin s'étendait languissante,
    Et si nul ne la secourait,
La Brebis aussitôt accourait à sa porte.
Tout son temps s'écoulait employé de la sorte.
Sa douleur, moins présente, à la fin se calmait ;
Elle put supporter une amère souffrance.

Humains, cette vertu qu'on nomme bienfaisance
    Pour qui l'exerce est un bienfait.

L'ENFANT ET LE CRAPAUD

La nuit s'épaississait sans être encor profonde :
Un jeune et bel enfant, courant étourdiment,
Aperçut à ses pieds un animal immonde,
   L'obscur Crapaud, au pas lourd et pesant.
     L'Enfant fit deux bonds en arrière.
       « A moi, ma chère mère !
A moi ! s'écria-t-il, tout tremblant de frayeur,
Chasse cet animal. Ah ! qu'il me fait horreur !
Ou bien fais-le tuer, de peur qu'il ne revienne.
    — Cher fils, quelle erreur est la tienne !
   Rassure-toi. Vois ce pauvre animal
S'éloignant comme il peut, sans te faire aucun mal.
Sache qu'en bien des lieux l'homme le considère
Comme le protecteur des produits de la terre.

Pour lui, confus de sa laideur,

Il recherche, le jour, quelque ombre hospitalière

Ou quelque épaisse profondeur ;

Dans la nuit, les combats lui sont chose facile,

Et c'est alors, mon fils, qu'il nous devient utile ;

Dans les prés, les jardins, le riche potager,

No craignant plus de montrer sa figure,

Quand le jour s'assombrit, il cherche sa pâture ;

Il attire vers lui l'insecte au vol léger,

Il poursuit le reptile effrayé du danger,

Et, le jour revenant, regagne sa retraite.

Proscrit par le vulgaire, il y cache sa tête,

Et pourtant il nous sert sans jamais se lasser.

Au lieu de le honnir, mon fils, rendons-lui grâce ;

Tu vois qu'il faut le plaindre et non pas l'écraser,

Et qu'il n'est de laideur que le bienfait n'efface. »

LE LAMPION ET LE VER LUISANT

Versailles dans son parc, par de brillantes fêtes,
Attire encor parfois de nombreux visiteurs ;
Le progrès a du bon, malgré ses détracteurs.
Au temps du roi Louis, fameux par ses conquêtes,
On ne connaissait point nos modernes splendeurs,
Feux de toutes couleurs, lumières électriques,
        Inventions pyrotechniques
        Et chars que la vapeur conduit.
La fête finissait : tout rentrait dans la nuit.
        Un Lampion brillait encore ;
Il vit dans la charmille un chétif Ver luisant
        Qui, portant son phosphore,
        Cheminait lentement.
    « Il te sied bien, insecte téméraire,
        Dit le Lampion arrogant,
De montrer dans ces lieux ton opaque lumière !
Regarde ma clarté qui tient lieu du soleil,

11

Et cache-toi dans la poussière

Avec le Ciron, ton pareil.

— Oui, dit le Ver luisant, au sein des nuits tu brilles

Et tu crois d'un beau jour égaler la clarté ;

Mais ton éclat n'est qu'emprunté,

Et que sur ces calmes charmilles

Le zéphyr le plus caressant

Vienne courir en se jouant,

Tu t'éteindras à l'instant même ;

Ou bien tu périras par ta faiblesse extrême,

Tout aussitôt que l'aliment

Qui seul peut prolonger ta vie

S'épuisera sans être remplacé :

Sort vraiment bien digne d'envie,

Qui par un souffle est effacé ! »

Combien de courtisans, sous ces mêmes charmilles,

Parlant haut, fiers de leurs familles,

De la faveur du maître, ont erré bien souvent,

Et que Racine, La Bruyère,

La Fontaine, Boileau, Molière

Auraient pu saluer du même compliment !

LA VIGNE ET LE JARDINIER

Un Jardinier habile et n'épargnant l'osier,
  Comme il convient à son métier,
S'en servait pour fixer le long d'un vert treillage
  Une Vigne peu sage,
  Qui, jeune encor, s'émancipant,
S'enlaçait aux ormeaux dont elle aimait l'ombrage.
La taille l'arrêtait et son épais feuillage
Tombait de tous côtés sous l'acier diligent.
La Vigne se fâchait : « Pourquoi donc, disait-elle,
M'arrêter en chemin, ravir ma liberté ?
Ce Lierre, mon voisin, comme il est mieux traité !
Il s'élance, il grandit ; votre serpe cruelle
Ne l'empêche d'atteindre à la cime des bois ;
  Il s'y suspend ou retombe à son choix,
Ou de sa verte feuille il tapisse la terre ;

Tandis qu'en butte au sort le plus contraire,
    Je ne puis prendre un libre essor.
— Que tu reconnais mal, en te plaignant si fort,
    Mes soins et ma persévérance !
Reprit le Jardinier ; pour calmer ton chagrin,
De ce lierre avec toi vois donc la différence :
Ramper ou s'élever aux dépens du voisin,
    Est-ce une si belle existence ?
Ma main te fertilise, et ton produit divin
Rajeunit les mortels, il prolonge leur vie,
Et, dans le monde entier, chacun te glorifie ;
Le monarque te fête ainsi que l'indigent ;
La coupe où l'on te verse en bienfaits se répand.
Ingrate, que dis-tu maintenant de ta plainte ? »

    Plus d'un peuple et plus d'un enfant
A tort de s'irriter d'une sage contrainte.

LA ROSE ET L'IMMORTELLE

Des jardins la reine si belle,
La Rose, un jour, disait à l'Immortelle :
« Que viens-tu faire ici, chétive et triste fleur ?
Comment oses-tu bien vivre en mon voisinage ?
— Il est vrai, comme toi je n'eus pas en partage,
Répondit l'Immortelle à son altière sœur,
La grâce, le parfum, l'éclatante splendeur :
    Je vis solitaire, ignorée,
Mais je ne me plains pas : j'ai pour moi la durée.
Qu'on te cueille, aussitôt tu pâlis et tu meurs ;
    Moi, je me survis à moi-même,
Et l'ombre du trépas n'éteint pas mes couleurs. »
Comme elles discouraient, survint l'instant suprême :
L'arbitre de leur sort, la Parque des jardins,
    La bouquetière aux diligentes mains

11.

De son ciseau trancha l'une et l'autre existence.

De leurs destins alors on vit la différence :

La Rose orna le front d'une jeune beauté ;

Elle eut plus d'un succès, fit plus d'une conquête,

Dernier triomphe, hélas ! chèrement acheté !

    Mais dédaignée après la fête,

Un ruisseau limoneux l'emporta dans ses flots,

Et l'Immortelle ornait la tombe d'un héros.

L'ABEILLE ET L'ENFANT

Un jeune Enfant, jetant là sa grammaire,
Courant et gambadant à travers un parterre,
   Sourd à la voix du précepteur,
   Portait une main téméraire
   Et sur le fruit et sur la fleur.
   Rien n'échappe à sa pétulance;
  Vers les fraisiers le voici qui s'élance.
L'Abeille diligente y travaillait sans bruit.
Chez elle l'écolier fait naître l'épouvante,
   Elle déloge, elle s'enfuit,
   Et puis bientôt sur une plante
   Dont à peine on voyait la fleur,
   Elle s'abat avec ardeur.
   « Oh ! oh ! se dit notre coureur,

Cette herbe est donc bien succulente !

    Goûtons-y, malgré sa couleur. »

Il la porte à sa bouche et soudain la rejette.

« Au secours ! criait-il, courant, perdant la tête,

Je suis empoisonné, quel fatal accident !

    Quelle épouvantable amertume !

    Comment pourra-t-on maintenant

    Guérir le mal qui me consume ?

— Calme-toi, dit l'Abeille, en s'envolant au ciel :

    C'est une leçon salutaire :

    Sans doute, l'absinthe est amère,

    Mais mon travail en fait du miel.

Travaille et tout pour toi sera doux sur la terre. »

LE MULET ROUTINIER

Un Mulet vieux et routinier
Sur le bord d'un ravin (que ne peut l'habitude?)
    Passait toujours par un étroit sentier,
    Suivant une pente assez rude.
        Le temps, la pluie et le grand vent
        Sur cette pente travaillant,
Un Ane à l'imprudent cria : « Mon cher confrère,
        Passe un peu plus loin sur la terre,
        Tu vas tomber dans un torrent.
— Merci de ce conseil, de moi ne t'inquiète,
Répondit le Mulet, j'en puis faire à ma tête,
        Car, en ce lieu, depuis un an,
Il ne m'est survenu le plus mince accident. »

Le mal prédit ne se fit pas attendre.

Dans son erreur, le Mulet persista :

Ses pas étaient pesants, le terrain s'écroula,

Et jusqu'aux sombres bords il lui fallut descendre.

    Les accidents ont beau tarder,

    Ne nous fions qu'à la prudence ;

    Pour qu'on marche avec assurance,

    Elle seule doit nous guider.

LE LIÈVRE ET LES CHASSEURS

Un Lièvre était traqué par deux ou trois chasseurs.
« Oh! oh! dit-il, comment distancer ces tireurs?
Évitons ce jeune homme à la marche légère.
Cet autre, aux cheveux blancs, ne m'inquiète guère ;
   Avant qu'il gagne la lisière
De ces épais taillis, je braverai ses coups.
  De son côté, sans crainte, sauvons-nous. »
Il part; le plomb l'atteint, lancé d'une main sûre ;
Ce plomb vient du chasseur à la tardive allure.
  « Dieux immortels! je prévis peu mon sort,
Disait le malheureux, luttant contre la mort ;
L'un avait la vigueur, l'autre l'expérience :
Qu'on juge mal, hélas! jugeant sur l'apparence.

LA LIONNE BIENFAISANTE

Pour punir des humains les excès odieux,
Le Ciel, longtemps clément, se déclara contre eux.
   Il déchaîna, plus mortel que la peste,
   Le choléra, pour tout âge funeste.
Au bout de l'univers le fléau se répand ;
Il fait périr le pauvre et frappe le puissant ;
   Partout il dévaste et ravage ;
   Armé des plus terribles maux,
   Insatiable dans sa rage,
   Il atteint jusqu'aux animaux.
   Tout tombe et meurt sur son passage.
Le découragement, une morne stupeur,
Du fort comme du faible accroissent la langueur.
Tout se tait, tout s'éteint dans la belle nature,

Plus de chants, plus d'amours : rien qu'un deuil général,
Et dans les bois muets le seul ruisseau murmure.

Tout succombait, s'affaissait sous le mal.

Domptés par le poids des misères,
On voyait s'adoucir les plus durs caractères,
Mais nul de son prochain n'écoutait la douleur.
Ne songeant plus qu'au bien, la Lionne au grand cœur
Affronta les périls, secourut le malheur.
Le fléau combattu mit un frein à sa rage.
Aux bienfaits de la reine, à sa noble vigueur,

Comme on rendait un juste hommage,
Elle disait, modeste et vraie en son langage :
« On ne prend pas un mal dont on n'a pas la peur. »

LE LION BLESSÉ ET LE LÉOPARD

Dans une affaire meurtrière,
Le Lion fut blessé, bien que fier et vaillant ;
  Il se traînait abattu, languissant,
  Pour regagner sa lointaine tanière.
Le Léopard accourt, l'aborde effrontément ;
« Beau sire, qu'as-tu fait de ton brillant courage ?
Une goutte de sang te fait plier bagage,
Et loin du champ d'honneur tu t'en vas cheminant !»
      Ce propos outrageant
  Réveille du Lion la puissante colère :
  Il se retourne, et d'un seul coup de dent,
Punit le Léopard qu'il étend sur la terre.

Détracteurs, recueillez cette leçon sévère ;
Au lieu de le braver, respectez le malheur :
Comme à l'arche des Juifs, ne touchez à l'honneur.

LE CHAT ET LA PENDULE.

Une Pendule en bois (le renommé coucou
De nos aïeux, cette antique merveille)
D'un tic-tac régulier ne frappait plus l'oreille.
Ses maîtres devaient, coup sur coup,
La visiter pour la remettre à l'heure,
Et l'horloger, mis en demeure,
Y déployait son art, mais perdait son latin.
Si bien qu'au travail du matin,
Et les laquais, et la servante
Venaient tardivement prendre chacun leur part ;
La dame du logis gronde, s'impatiente ;
L'époux, gros magistrat, qui se croit en retard,
Tout haletant arrive à l'audience,
Juge à tort à travers, révolte l'assistance,

Et leurs enfants, assez mauvais garçons,
Perdent sans déplaisir l'heure de leurs leçons.
   Qui l'aurait cru? de ce remue-ménage,
   Un jeune Chat fut reconnu l'auteur.
Le modeste coucou portait, suivant l'usage,
   Un balancier d'une énorme longueur;
Ses oscillations rasaient presque la terre.
Le Chat, la patte en l'air, sur le dos s'allongeant,
S'en faisait un jouet, troublait le mouvement,
Par là la sonnerie, et c'est tout le mystère.

   Non loin de nous de plus d'un accident,
     Existe bien des fois la cause,
Le tout est d'y penser, de voir de près la chose.
   Tout est miracle à l'ignorant.

LE JEUNE FAISAN ET LES FOURMIS

Un tout jeune Faisan, loin des yeux de sa mère,
Hardiment picorait près d'une fourmilière,
Poursuivant sans merci le peuple diligent ;
      Il en faisait un vrai carnage,
   Lorsqu'à leur tour, les fourmis l'attaquant,
A ses pieds, à son corps s'attachent avec rage.
Bientôt le destructeur, exténué, souffrant,
Dut s'éloigner des lieux témoins de son ravage.
      Sa mère lui dit : « Pauvre enfant,
      Il ne suffit d'être vaillant,
Il faut savoir ruser, agir avec prudence,
Diviser l'adversaire, affaiblir sa défense,
Mettre le sort pour soi, puis, pour être vainqueur,
      Sur l'ennemi tomber avec vigueur. »

      La pauvre mère, en sa disgrâce,
Parlait tout comme agit le fils du vieil Horace.

12.

LE LÉOPARD ET LA TORTUE

Pareille à certain Rat dont parle La Fontaine,
    Une Tortue étourdiment
D'un Léopard fit rencontre soudaine.
Le roi des animaux a pardonné souvent,
Mais quant au Léopard, la chose est moins certaine.
Quel régal, direz-vous, pour son noble appétit,
    Qu'un animal aussi petit ?
Hélas ! ne voit-on pas les gens d'humeur méchante
Faire le mal, sachant qu'il n'en sort nul profit ?
    Sur l'animal à la démarche lente,
    Le Léopard, qui pour mordre naquit,
    Porte sa griffe encor sanglante.
La Tortue, on le sait, n'est pas pauvre en raison.
Bon juge du danger qui de près la menace,

Elle s'enclôt dans sa maison,

 Sa bienheureuse carapace,

Non sans trembler et sans frémir de peur.

« Dieu qui mis sur mon dos cette solide écaille,

Daigne, murmurait-elle, être mon protecteur ! »

A l'ouvrir, la briser, le Léopard travaille :

En vain pour l'entamer, il la tourne en tous sens.

 Voyant ses efforts impuissants,

 Il se rebute et songe à la retraite.

De la Tortue ainsi les vœux sont exaucés.

Elle montre le nez, puis sort toute la tête,

Et voit son ennemi, honteux de sa défaite,

 S'éloigner d'elle à pas pressés,

N'ayant d'autre souci, dans son amour du crime,

Que d'aller se venger sur une autre victime.

 Un humble abri, bien plus que la splendeur

Qu'étale en son palais un fastueux seigneur,

 Est, croyez-moi, digne d'envie;

Contre les coups du sort, les dangers, le malheur,

Il ne peut exister meilleure garantie.

LE LOUP ET LA LOUVE

Le Loup bien souvent dans les bois
Est obligé de vivre en cénobite;
Le Cerf et le Chevreuil se sauvant au plus vite,
Malgré tous ses efforts, le mettent aux abois.
Un jour donc, maître Loup se plaignait en son gîte;
Avec sa digne épouse, il allait recherchant
Les moyens de parer à si dure détresse.
Il fallait du savoir, il fallait de l'adresse.
« La bête aux pieds légers mieux que nous sait courir;
Eh bien, dans les taillis, dit l'animal vorace,
Moi, je la chasserai, je la ferai partir;
Si je ne puis l'atteindre en poursuivant sa trace,
Toi, Louve, mon amie, en un lieu convenu,
Tu reprendras la piste : alors quel avantage! »

Ainsi dit, ainsi fait : le Chevreuil fut vaincu ;
Le couple destructeur put assouvir sa rage.

L'histoire est authentique et fait honneur aux Loups.
Hommes, n'êtes-vous pas jaloux ?

LES CHATS EN QUERELLE

Deux mères Chattes, un beau jour,
Surprirent leurs enfants, objets de leur amour,
Se donnant force coups de patte
Et se griffant à qui mieux mieux.
« La paix donc ! garnements; rejoignez vos pénates,
Ou, sinon, gare à tous les deux ! »
Mais les petits mutins s'attaquant de plus belle,
Le plus faible des deux, auteur de la querelle,
Allait, couché sur le gazon,
Succomber sous les coups de son fier compagnon,
Qui déjà l'étranglait de la belle manière;
Quand, le prenant au cou, son intrépide mère
L'enlève incontinent et, malgré son fardeau,
D'un arbre veut gagner le faîte le plus haut.

Hélas ! sa force l'abandonne,
Et son malheureux nourrisson,
Précipité sur un buisson,
Périt par le coup qu'il se donne.
Il ne faut qu'un instant au plus charmant des chats
Pour passer de vie à trépas !

La mère infortunée
Vit alors, mais tardivement,
Qu'on peut de son enfant faire la destinée.
Il faut vaincre à tout prix sa malice obstinée :
Pour l'arracher au mal, on serait impuissant.

LA LIGUE DES CHATS ET DES RATS

Pourquoi donc répéter, de l'un à l'autre pôle,
  Que l'eau, le feu sont toujours ennemis ?
  Il n'est besoin de fréquenter l'école
Pour donner à ce fait de nombreux démentis.
  Voyez plutôt la lutte des partis,
    Et ce que font les deux extrêmes :
L'un veut blanc, l'autre noir, et souvent leurs discours
Tendent à pareil but, leurs votes sont les mêmes.
Ne voit-on pas aussi, sur l'or et le velours,
La Levrette et le Chat coulant leurs heureux jours,
  Vivre en fort bonne intelligence ?
Oyez pourtant un fait hors de toute croyance,
Mais qu'on m'a garanti comme vrai : certains Chats
    Avec une bande de Rats,
Ayant mis en oubli la loi fondamentale
    De leur mission sociale,

Se liguèrent un jour aux dépens des humains,
Et par cette concorde, aux ménages fatale,
Dévoraient sans souci pigeonneaux et lapins.

    Quand l'intérêt s'en mêle,
A sa nature même on devient infidèle ;
Il n'est plus ici-bas de jugement certain :
Le Chat se fait Souris, le Guelfe, Gibelin.

LE CHIEN ET LA COUVEUSE

Dans une cour de ferme, une miche de pain
   Trempait pour certaine Couveuse,
Réchauffant de son mieux, en mère bienheureuse,
De beaux petits poulets éclos dès le matin.
Médor happe le pain et l'emporte à sa gueule.
Notre Poule craignant pour ses chers nourrissons,
   Et dans la cour se voyant seule,
Contre le ravisseur fait force de poumons.
   On le poursuit, on le garrotte,
On l'amène faisant la mine la plus sotte,
Mais au fond courroucé contre telles leçons.
A quelque temps de là, madame la Couveuse
   Et la bande joyeuse
   De ses fils, déjà grands garçons,

S'émancipaient sur une herbe attrayante.

    A cet aspect, le diable tente

    Le Chien hargneux et mécontent.

Sur la Poule elle-même, il veut porter la dent;

    Mais alors survient la servante,

Le fermier, les valets; cette fois le bâton

    Étend Médor sur le gazon.

    Pour corriger, ne soyez trop sévère,

    Le cœur humilié se nourrit de colère;

Mais si le châtiment quelquefois est fatal,

    Ce qu'il importe aussi d'apprendre,

    C'est que dans le sentier du mal

    Il faut s'arrêter sans attendre;

La faute mène au crime, et Médor, le brutal,

Contre ses passions eût dû mieux se défendre.

LES LAPINS EN DÉROUTE

Des Lapins de clapier vivaient en Sybarites,
    Bénissant leur destin,
    Dans ces commodes gîtes
Que l'homme intéressé leur bâtit de sa main.
Tout était paix chez eux et point de trouble-fête,
Quand sur leur frêle toit éclata la tempête,
    Se heurtèrent les ouragans.
Tout s'écroule et voilà nos Lapins dans les champs.
    Terrifiés de l'aventure,
  Mouillés, transis, privés de leur pâture,
  Et ne sachant comment se diriger,
    Ils allaient droit, dans leur détresse,
    Vers les piéges et le danger ;
Tout trahissait en eux la peur et la faiblesse,
Car du côté du cœur le Lapin n'est pas fort ;
    Quand, par un heureux coup du sort,
Un Lapin de garenne, en dévoué confrère,

Leur cria d'assez loin : « Mais creusez donc la terre !
    Le ciel, qui vous créa rongeurs,
    Vous fit, en même temps, mineurs :
    Sachez vous préparer un gîte
Qui vous mette à l'abri de tous vos ennemis.
Alerte, mes amis; travaillez au plus vite,
En grattant bien d'accord, ou sinon, poursuivis
Et par le plomb de l'homme et par la dent cruelle
Du Renard destructeur ou par l'Aigle à grande aile,
    Vous n'échapperez à la mort. »
    C'était parler comme Mentor.
    Captifs dès l'âge le plus tendre,
Les Lapins, amollis par leur longue prison,
Ne se trouvaient de force et ne savaient s'y prendre,
    Ahuris, comme de raison.
A la fin, cependant, on se mit à l'ouvrage,
L'instinct se réveilla. Suivant l'avis du sage,
On se prit à creuser avec activité,
Et bientôt on cria : « Vive la liberté ! »

Contre les coups du sort, faites cause commune;
Le courage souvent ramène la fortune.

                13.

LA COLOMBE ET LE HIBOU

Dans une antique cathédrale,
Au sommet de l'une des tours,
La Colombe, oubliant ses plaintives amours,
Vivait en pieuse vestale;
N'ayant d'autre souci, n'ayant d'autre bonheur,
Dans son humble et pure existence,
Que de proclamer la puissance
Et les bienfaits du créateur;
Quand, un jour, le Hibou, parlant de pénitence,
Voulut du temple aussi faire sa résidence :
« Qui t'amène, oiseau de malheur?
Quel est le désir qui t'anime?
Dit la Colombe avec douleur;
Viens-tu chercher quelque victime?

— Non, reprit le Hibou, je viens pour supplier
　　　La source de toute clémence
　　　De me pardonner mainte offense
　　　Que mon devoir est d'expier. »
　　　Et là-dessus versant des larmes,
　　　L'oiseau trompeur et malfaisant
　　　Touche le cœur compatissant
　　　De la Colombe sans alarmes,
　　　Hélas! quand arriva la nuit,
　　　Le Hibou chassa, poursuivit
Du sommet vénéré l'habitante timide,
　　　S'empara de sa place vide...
Mais il avait compté sans le fils du sonneur,
　　　Instrument de la Providence,
Lequel punit le crime et vengea l'innocence,
　　　En dénichant le malfaiteur.

LA FAUVETTE ET LE ROSSIGNOL

La Fauvette élevait deux fils, son doux espoir;
L'aimable Rossignol, s'attachant à lui plaire,
 La visitait matin et soir;
C'était un bon voisin qui n'avait rien à faire.
 Choisissant ses plus jolis airs,
 D'abord il les lui fit entendre,
Puis aux jeunes oiseaux il voulut les apprendre.
 Qu'arriva-t-il? Tout alla de travers;
Car la Fauvette aussi chantait en son langage.
 Ses enfants eurent son plumage,
 Mais ne brillaient dans les concerts.

 Que dira-t-on de l'aventure?
Qu'il faut s'occuper seul d'élever ses enfants,
Se conformer pour eux aux lois de la nature
 Et ne point forcer leurs talents.

LA ROSE DE NOEL

Quand tout s'éteint dans la nature,
Ainsi que le Sapin dans les sombres forêts
La Rose de Noël conserve sa verdure,
Se pare encor de ses attraits;
De sa fleur qui renaît la couleur blanche et pure
Affronte les hivers, brave les noirs frimas.
« De ton utilité je ne m'aperçois pas,
Aucun parfum ne trahit ta présence,
Disait, la trouvant sous ses pas,
Un mortel au printemps de son adolescence.
— Seule dans le vaste univers
Je fleuris au sein des hivers,
Pour rappeler de Dieu la clémence infinie;
Pour te dire qu'il veut qu'on l'invoque et le prie;

Jeune homme, dans le temple, en ce jour solennel,
Porte mes blanches fleurs aux pieds de l'Eternel ;
     Il donne et conserve la vie, »
Ainsi parla la Rose de Noël.

Mes enfants, ma tâche est finie.

TABLE DES MATIÈRES

Paris. — Typographie HANNUYER ET FILS, rue du Boulevard, 7.

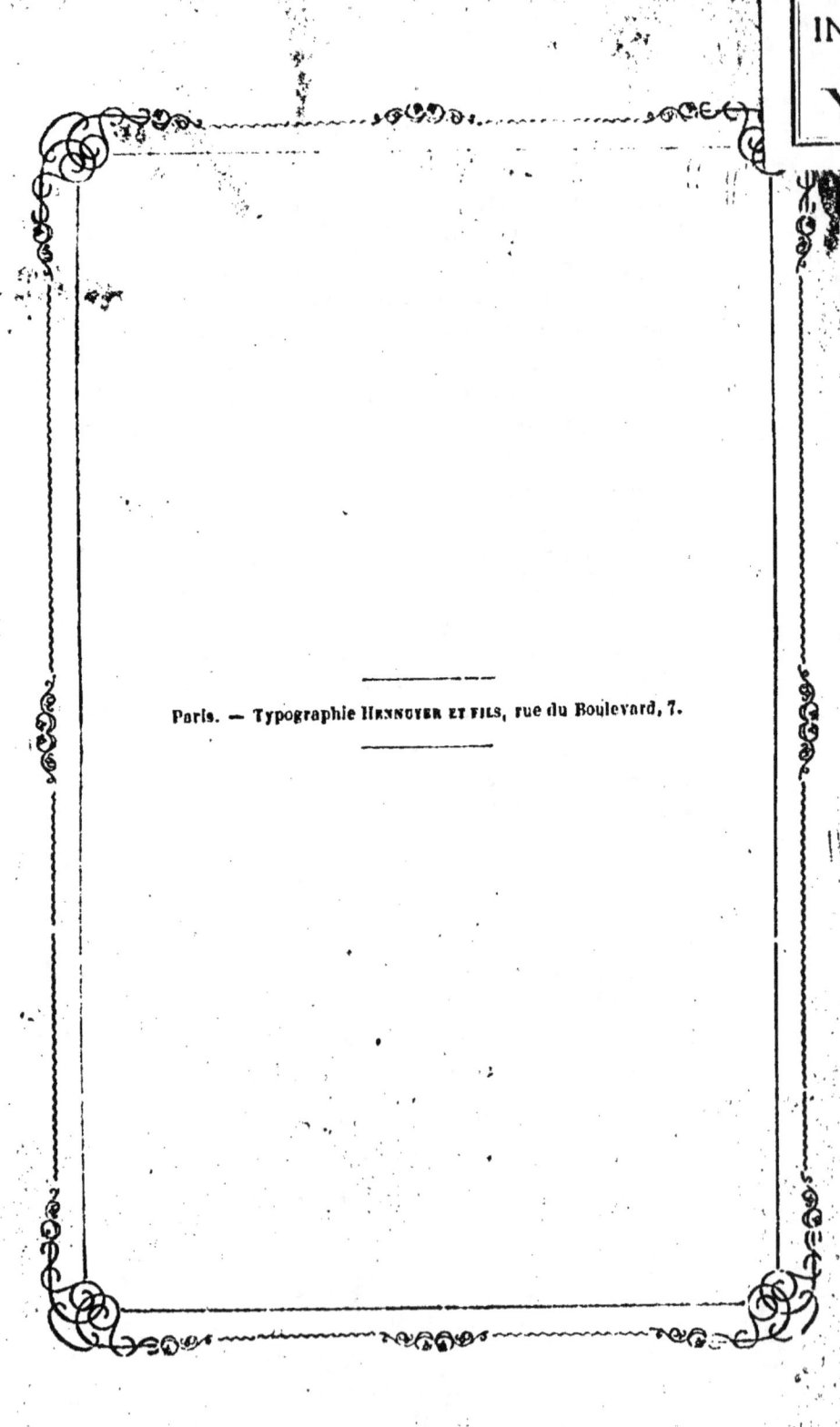

Paris. — Typographie HENNUYER ET FILS, rue du Boulevard, 7.

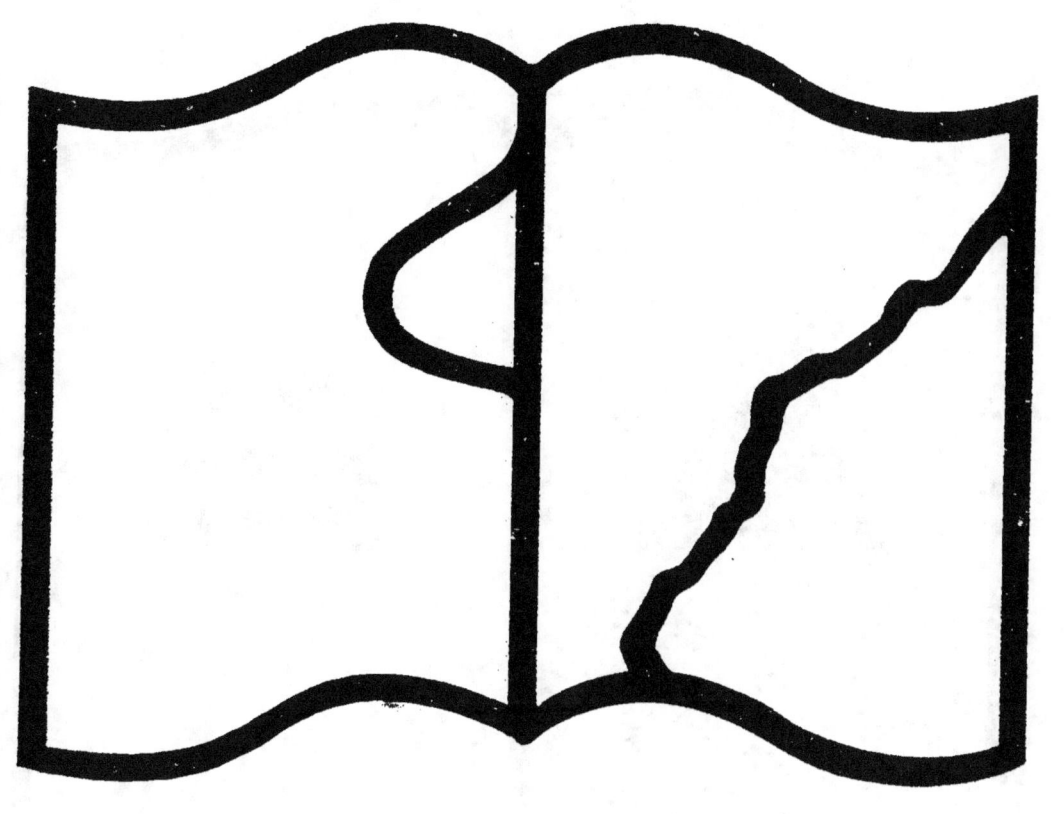

Texte détérioré — reliure défectueuse

NF Z 43-120-11

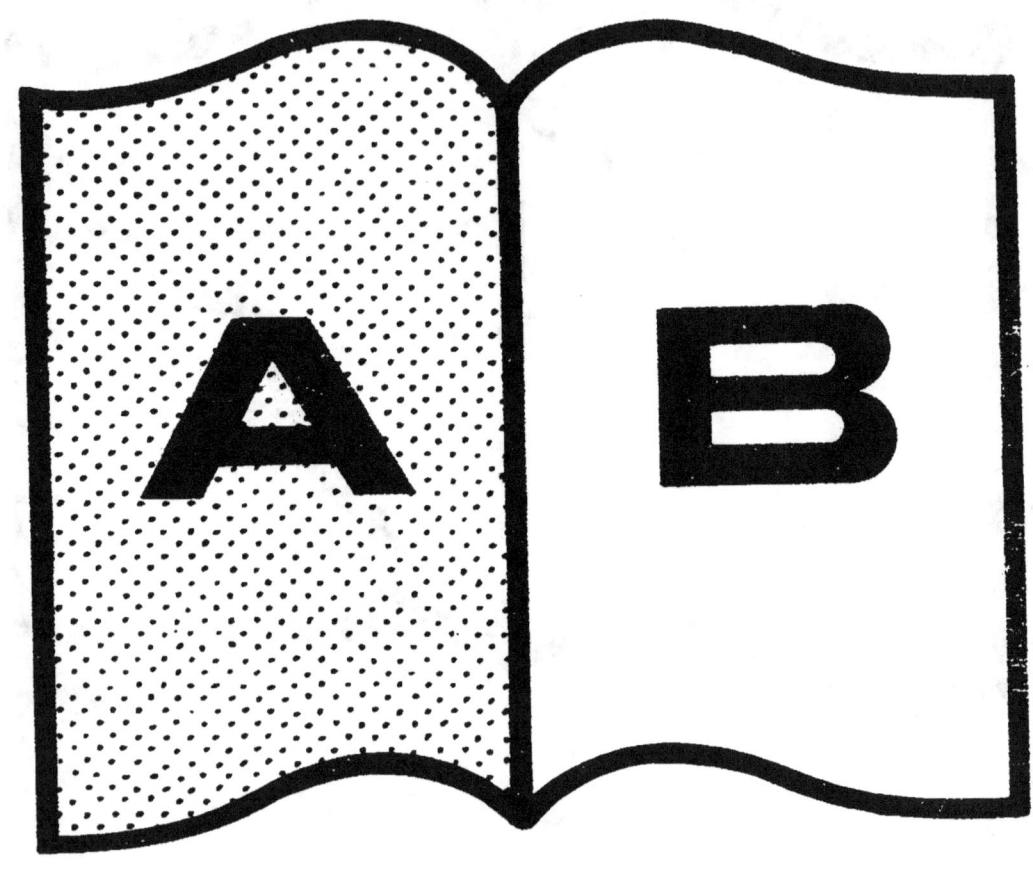

Contraste insuffisant

NF Z 43-120-14

www.ingramcontent.com/pod-product-compliance
Lightning Source LLC
Chambersburg PA
CBHW051135260626
47170CB00005B/1817